イルミネイション

澤井繁男

風濤社

イルミネイション◎目次

イルミネイション

虹

眼下の黒いしみに、目覚めたばかりの私は身顫《ぶる》いした。うっすらと汗がにじみ出た。しみはえいに似た形をしていた。

汗をぬぐい目を凝らした。ぼやけた頭がはっきりして行くにつれ、それが搭乗機の影であることがわかってきた。

搭乗前に呑んだビールがいつのまにか効いて眠っていた。

右手に海が見えるのだから座席の位置から推して、おそらく太平洋上を飛行しているのであろう。三陸沖を噴火湾に向けて北上していると思われる。

伊丹を発って小一時間は過ぎたか。

さざなみ立つ海に、白い航跡を吹流しのように刻みつけて、数隻の船が進んでいる。清冽な五月の空が海との距離を縮めてくれる。水中眼鏡で覗いたときのようだ。

五月の末から六月の初旬にかけて札幌に帰るのは六年ぶりのことだ。京都に住んで梅雨を知ってから雨季のない北海道の、ちょうど春を迎えたばかりのこの時期がむしょうに恋しくなり、スズランやライラックの花がたびたび思い浮かんだ。

その芳しい香りはかえって何年ものあいだ放ったらかしておいた由木子の肌を想起させた。

高校三年の夏、放課後にサッカーをしていてころんで足首の骨にひびが入り、入院したときの担当看護師が志木由木子だった。おおげさにも救急車で運ばれて相室が空いておらず個室に入れられた。たいした怪我ではなかったが、三週間ほど入院が必要だと医師に言われた。

毎日見廻りにくる看護師は当番で違ったが、どういうわけか由木子はなかでも回数が多く、いつのまにかうちとけて話をするようになっていた。

傷がいえて退院してから今度は病院の外で逢うようになった。由木子は二十歳。私よりふたつ年上で姉のように接することができた。おそらく由木子もはじめは患者、次には年下の、それも学生ということで気楽な心持でつきあっていたと思う。

私は高校を卒業すると京都の大学に合格して札幌を離れた。もちろん札幌を発つことと由木子と訣れることには何の蟠《わだかま》りもなかった。

それから六年経っている。

初めの数年間は私の中で一年過ぎるごとに帰郷への思慕が湧いていった時期で、夏と正月との年二回の帰省を利用して由木子と逢引を重ねていくうちに、私たちは自然と心を許すようになっていった。

大学三年生の夏休みにふたりきりで函館に小さな旅をした。

右手前方に広々とした陸地が見えはじめている。

春たけなわの北海道の原野が展《ひら》けてくる。

大地は雪解け水を吸いこみ黒ぐろと輝いている。若葉の萌《も》え出ていた京都の山やまの優しさとは対照的にむき出しの大地の剛《つよ》さが迫ってくる。

飛行機は勇払《ゆうふつ》原野を新千歳空港へと徐々に降下し出していた。大地が真下にあり機体の影が黒く映って、一瞬、土がその形に焦《こ》げ上がった。家はぽつん、ぽつん、としか建っておらず、所どころにある水たまりは、あるものは沼ぐらいの大きさ、またあるものは湖の広さにも達し、陽の光にいぶし銀のように映えて、原野に彩りをそえている。

まもなく機は空港の広大な滑走路に滑るように降りて行った。

荷物が運び出されてくるあいだ、私は無意識のうちに由木子を到着ロビーにさがしていた。そして来ているはずがないと気づくまでにかなりの時間がかかった。どうして来ていないのだろう、という思いがしばらく心を占めた。

由木子は入院中なのだ。

その見舞いのために密《ひそ》かに戻ってきた私ではなかったか。

空港の建物を出ると外の風はひんやりとしていた。札幌行きのバスが折よく入ってきたのですぐに乗り込んだ。地階から出るＪＲは使いたくなかった。

思いのほか五月末の北海道は肌寒かった。六年前の自分、高校生までなじんだ外気の肌ざわりを努めて呼び起こそうとしたが、季節ごとの寒暑の記憶は頭の中に漠然とはあるものの、肌は完全に内地のものになっていた。

陽は照っている。

バスの窓からははるか空のかなたに浮かぶ陽が点のようにうかがえる。北の大地の冷えきった青を帯びた虚《うつ》ろな空にころがっている白球を思わせる。

バスは出発した。

五分ほどして高速道路に入り、加速して一路札幌へと向かった。木々の葉が風にひるがえり、そのたびにくすんだ光をはねかえした。

札幌駅前で降りるとさっそく病院へ向かった。

地下鉄に乗り、北十二条駅で降車した。中里病院は駅から東へ五百メートルほど行った所にあるはずだ。

由木子の友人の富田佐知子から電話で連絡がきたとき、内臓の病気で入院したんです、と言って口をつぐんでしまった相手に、とっさの沈黙をなくそうと、見舞いに帰ります、と応えた自分のあわてた姿が思い出された。

もしあのとき富田がもっと言葉を注《つ》ぎ込んで、さびしがっています、会いたがっています、お見舞いに来ないのですか、と言ったならば、手紙でも書いておきます、とでも応えて受話器を置いていただろう。

内臓の病気といってもいろいろあるし、きちんと病名を訊いておいた方がよかったのかもしれない。

由木子との今後が病気の軽重に関係があると確信していた。どちらかがきっかけを作って動き出さなければならない。自分からは行動に出なかった。相手の出方にただふわりと身を任せようと思っていた。

病院は由木子の勤務している病院ではない。

何か事が起こっても自分の勤めている病院に入院するのは嫌だ、と言っていた通り、マンション近くの中里病院に入院した。一階の受付で尋ねると、由木子は手術を行なったので外科病棟の五〇六号室にいる、と教えられた。

エレベーターは使わずにゆっくりと階段を昇っていった。

病院の階段ほど寒ざむとしたところはない。

ものうげな電灯の光のせいもあろうが、生と死を結ぶ階《きざはし》のような気がして、昇るときも降りるときも踊り場を曲がる瞬間に風がひんやりと首筋をさすっていく。スリッパの床をするかすれた音までもが院内に響《とよ》む気がして、自分の歩みに何か得体の知れない恐ろしさを感ずる。

由木子は女性六人の相室のいちばん扉よりのベッドに寝ていた。男ばかりの病室とは異なって女の病室は血と化粧のにおいに満ちていた。

それぞれのベッドの真上のレールにカーテンを吊して、自分のベッドを必要以上に取り囲んでいる。

由木子は扉側のカーテンを開けていたので、入って行くとすぐにわかった。

「来てくれたの」

「元気そうじゃないか」

「ね、いつ着いたの」

「二時頃だよ、新千歳に。それからバスで。もう三時半か」

腕時計を見た。

「富田さんから電話もらってとんできたわけさ。で……」

「なんでもないのよ。佐知子、何か言っていた？」

「内臓の病気だって、ひとこと」

「あのね……盲腸なの」

「盲腸？」

「だから、あした退院なの」

私は、モウチョウ、と口の中で繰り返した。モウチョウのためはるばる京都から——。

由木子は腕を伸ばして丸椅子を引き寄せた。私は憮然と腰を下ろした。

「あたし、よかった……」

「なにが？」

「おこらないでね」

おこりはしないさ、と心の中で呟いた。

由木子の肩に手をやって二、三度軽くたたきながら次に何を言ったらいいのか迷った。手に伝わってくる生あたたかい体温は確かに病人のものではないようだし、顔色もよかった。

「あした退院なんだね」

由木子は、うん、と頷いた。

枕の傍らに縫いぐるみの人形が置いてあった。私はそれを手にとって抱きかかえた。

「佐知子がもってきてくれたの。熊に見えるかもしれないけどほんとは犬なの」

由木子は片腕を立てて起きあがった。

「盲腸だから連絡するつもりはなかったんだけど、佐知子がうるさくて。それで任せてしまって……」

由木子はすまなそうに喋った。私は〈犬〉の頭に顎を乗せた。やわらかなその毛が顎についた汗を吸い取った。

由木子の目を見た。いつもの職業的な看護師の目ではなく、普段の柔和な眼差しになっている。

病院勤務の直後に逢ったときの目線は、一点を見定めるかのごとく確固としていて、きつく感じられた。それがやわらいで、あらゆるものを受け容れられるようになるまでに、しばらく時間がかかった。

勤務している病棟が外科であったことも関係しているかもしれないが、心の底まで見透かされているようで、冷々とした心持にさせられたものだ。

ベッドの由木子の目に、今そのきびしさは感じられない。

私はあの凛《りん》とした目線に惹かれていたのかもしれない。由木子はすでに一人前の生活者であって、私のようなぐうたらな大学院生とは違うのだ。

「久しぶりに寝だめできたわ」

由木子は指でシーツに円形を描きながら言った。声に張りがあった。

「毎日あんなによく眠ったものよ」

「いい休暇だったかもしれないな」

「ええ」

私から〈犬〉をとると自分で抱いた。その仕草はとても二歳年上の女性には見えず、あどけなかった。

由木子の手を握り、

「もう大丈夫さ」

しかし自分の心に向かっては、もう帰ってもいいだろう、と言い聞かせていた。


病院の中の暖気に頬がいつのまにか赤らんでいた。外の風にあたるとおもむろにその上気が引いていくのがわかった。

空に刷毛ではいたような軌跡を残して風が吹いていた。その線が見えるくらい私の意識はさめきっていた。いつ帰ろうか、気持はもうそのことでいっぱいだった。

来年一月に提出しなければならない修士論文のことが思い浮かんだ。村上春樹について書いてみようと考えているが、細かいことは何も決めていなかった。ただ春樹の虚構への強烈な思慕を論の中心に据えて、自分なりの像を展開したいとは思っていた。

由木子は私にマンションの鍵を渡した。ここから十分とかからない。玄関まで送ると言ったが、いいよ、と応えてひとりで足早に階段を降りた。あした十一時頃に迎えにきて、と言った。

病院にいるあいだじゅう内心いらいらのしどおしだった。

車のさっぱり通らない道路なのに、信号の命ずるまま渡らずに黙ってつっ立っていた。真向いの建物の壁に坂本繁二郎展のポスターが貼られていた。南橋デパート六階の特設会場で、もう開催期間にあたっている。

ぼんやりとそれを眺めて、信号が青に変わると足がしぜんと前に進み出した。歩き出す前にはわからなかったが、ポスターに描かれているのは能面だった。淡い色彩を背景に能面が月のように浮かび出て幻想的な雰囲気を醸し出している。その無表情さに強く惹かれた。

退院の手続きはすぐに終わった。詰所の看護師と同室の患者に挨拶をし、最後に主治医に礼を言って会計を済ませると、もう病院の外に出ていた。

「外の空気ね」

由木子が腕を展《ひろ》げた。

私たちは歩きはじめた。一週間の入院だったから荷物はビニール袋ひとつで、そこに洗面具もみなおさまった。

「持つよ」

促しても由木子は渡してくれなかった。

怪訝な顔をすると、

「きたないもの入っているから」

うつむいて言った。

「ああ」

くぐもった声で応えながらはじめて由木子を抱いた夜のことを思い起こした。ふたりとも経験がなかった。由木子の緊張を解こうと努めた私の方がかえって気が張りつめて思うようにいかなかった。函館の安ホテルのベッドのシーツだけが夜の底で鈍色に光った。腰が重なり合って私の両腕が由木子の頭をかかえたとき、由木子は目を閉じていくぶん顔をゆがめた。

私たちは信号を渡り、能面のポスターの横を通ってマンションに向かった。

「やっと帰ってきたわ。しばらくお休みなのよ」

「休み？」

「ええ。四、五日は自宅療養なの」

「そうか。僕は今日の午後の便で帰るつもりなんだけど」

「もう？」

「ああ」

「だめ。今度はもう少しいて。母に会ってほしいわ」

「お母さんに？」

「そう。いいでしょう」

「会ってどうする」

「どうするって」

「まだ僕は学生なんだよ」

「そんなの言い訳よ。大学院生はもう学生じゃないって、えばってたのはだれ。ちょっと会うだけなのに」

「……考えてみるよ。シャワーでも浴びてこいよ」

由木子はふっきれぬ顔で立ち上がると浴室へ消えた。

おそらく由木子は私がこうして駆けつけてこなかったら母親の話を持ち出すことはなかっただろう。

浴室に近づいて、扉を少し開けた。

「じゃ、二、三日いることにするよ」
二、三日いてもどうなるわけでもない。
かえって由木子を苦しめるだけかもしれない。しかし自分の行動の始末をつけなければならない。

母親に会って、とせがんだ由木子の眼差しに硬さはなかった。昨日の由木子とかかわりなくすっかり看護師から離れてしまっている。

由木子は私とつきあいはじめた頃は准看護師だった。

小樽の高校を卒業して二年間、専門学校に通って就職した。その後独力で勉強して正看の試験を受けて合格した。たいていは准看の資格をとり二、三年働いて結婚してしまう場合が多く、資格はあるが働かずの潜在看護師がわりといる。その点由木子が正看の試験に及第したと聞いたときには、率直に立派だと思った。

由木子とは四日ごとの公休とか夜勤明けなどによく逢ったが、あの腫れぼったい目を思い出すにつけ、よくがんばって受験したものだと感心すらした。
小さいときから負けず嫌いだったといつか話してくれたことがある。
十歳の頃父親が女をつくって家を出て、結局離婚ということになり、由木子は母親に引き取られた。母親は小樽の実家に戻って働きながら由木子を育てることになった。実家は金銭には困らない家だったが、母親は外に働きに出て自活の機会をうかがった。由木子は母がどんな仕事をしていたのか知らなかったが、毎日夕食後肩をもむのが日課だったという。
その母と、日曜日に街に買い物に出て本屋に立ち寄って買ってもらったのがナイチンゲールの伝記――それがきっかけでこの職業に憧れた。単純な話なのよね、と由木子は頬を赧らめたがその視線には強い意志がこもっていた。
〈二十二のときかな　父に会ったわ　十年以上も会ってないでしょ　もう思い出の人って感じだったけど懐かしかった　不思議とうらむ気持はなかったわ　父は新しい女の人ともうまくいかなくてひとり暮らしだと言っていたけれど　能のお面のように平静な顔をしていた　笑いも悲しみもなかった　だから余計胸が痛くなった　父に抱かれてみたいと一瞬思ったわ　娘としてじゃなくて女として　ほんとうにそんな気になった
それから父には会っていないし消息もさっぱり〉
こんな由木子の話を思い出し、由木子の目線の柔和さについてぼんやりと考えていた。

由木子はいつからか、私に自分を開いていた。それなのに私は本音の所で極力拒もうとしている。

由木子のどこが気にくわないのか、と問うてみても答えは出てこない。しかし結婚へと踏みこませない何かが明らかに存在するのだ。


その夜由木子は私の二の腕を枕にしていた。洗髪された髪の香りをかぎながら髪を手ですいた。昨日機上から眺めた白銀で葺《ふ》いたような海が脳裡をかすめた。

「お母さんは小樽だったね」

由木子は上向きに顔をずらした。

「ええ」

「港の方?」

「違う。山の手なの」

「そこから海が見えたらいいな、と思って」

「水族館に行ってみましょう」

「ああ。確か、船で行けたね」

「ポンポン蒸気船でね」

「小学生の四年のとき遠足で行ったきりだよ」

「新しくなったのよ」

「そうか」

由木子の視線を感じた。なぜ急に小樽のことを言い出したのかわからない、といったきょとんとした眼差しを向けた。

やはり海を想っていた。

由木子と旅をした折、函館山の頂きから遠望した函館の街の夜の輝き、雨の中、帰りの列車の窓外に展がる噴火湾の波静かな海——鏡のような平坦な海。いぜんとして荒れた海を想像することはできなかった。

由木子を胸許に引き寄せた。由木子は半転して片腕を私の胸にかけた。

「聞こえる……」

胸に耳をあて、由木子が言った。

函館のはじめての夜のときも由木子は同じようなことを呟いた。それを機に私は腰に手をふれていた。私の手の動きに合わせるようにして、鼓動が早くなったわ、とかすれ声をあげた。下腹部に手をすべりこませはじめた。指がしめり気をおびた。由木子は何も言わずに顎を引いて懸命に耐えていた。身をよじらせもした。

翌朝、からだが重たいという由木子を残してぶらりと街に出た。行くあてもなく、あのポスターの坂本繁二郎展に行ってみることにした。百貨店の開店とほとんど同時に入った。平日でがら空きのエスカレーターを六階の会場まで上がった。入口の説明文には、青木繁と同郷（久留米）で同い歳。一九六九年、八十七歳で没。文化勲章受章。青木を生涯のライバルとした、と記されていた。

会場内の照明を落とした下で、絵は、すれた学生ズボンの臀部のような異様な光沢を放っていた。

画家のポスター同様、ほとんどが能面を主題としたもので、また馬を描いたものも多かった。いずれも淡い色調だった。

能面の実物は一度きりしか観たことがないが、その折の印象はけっしてよいものではなかった。むしろ奇矯な風貌と表現した方がよいと思われる。石膏のような冷たさを直感した。ところが坂本画伯の描く能面には温みが感じとれた。眺めているうちにだんだん素直になっていく。ありきたりな表現だが、生命力や躍動美が漂っていた。

能面はカンバス上部に雲に隠れた月光のように妖光を放っていたり、面がふたつ並行に置かれていたりして、神秘的な味わいを醸し出していた。馬の方は野を駆けている場面だとか水しぶきを散らして川を渡っている情景などが描かれていた。


デパートをあとにして、五月の風に誘われ大通公園まで来ていた。

風が冷たかったが昨日と同じく晴れ上がり、鉛の弾のような太陽が光を投げかけていた。

四丁目で噴水を正面に見るベンチに腰を下ろした。背後のライラックの木の芳香につつまれた。

能面の静かな安定した顔つきを想うと由木子とのこれまでの時間の経過が思い起こされた。

母親に会ってくれ――この言葉がいつの日か言われるにちがいないと予想はしていた。けれどもそういう日の来ないようにひたすら希《ねが》っていた。

もちろん由木子をきらいではない。由木子はいい女《ひと》なのだ。

京都で好きな女ができたわけでもない。

ではなぜだろう。

これまでそれが不明だったが、今回の帰省で少しわかりかけてきたような気がする。

私は由木子とのたった年二回の逢瀬のことを考えていた。一週間なり二週間なり過ごした生活の集積を自分なりに整理してみた。

すでに生活者である彼女はマンションにいるときはそのまま主婦としても通用した。その申し分ない安定感に、また看護師という職業的なきびしさに惹かれていた。ただ同時に目の前に生活そのものをつきつけられたようで耐えがたかった。

風に吹かれて噴水の飛沫《しぶき》が飛んでくる。落下する水に陽光がかかって小さな虹が焙《あぶ》り出される。風が虹をゆらし虹が風を彩っている。空は青々として吸い込まれてしまいそうだ。

汗をかいていた。

立ち上がり、とうきび（トウモロコシ）を焼く香ばしいにおいの漂う中を地下鉄の駅へと歩き出した。


帰ると由木子はサンドウィッチを食べていた。午前の最後の陽が室内を明るくそめ上げていた。

「あした帰ることにする、やっぱり」

「約束が違うわ」

「約束なんかした覚えはない」

「母に会ってくれないの」

「今回はだめだ」

「じゃ、いつ？」

「わからない」

「ずるいわ」

その言葉が終わらないうちにいきなり由木子を引き寄せた。脚を抱きかかえてベッドにのせると唇をふさいだ。

血相の一変した顔に由木子ははじめ茫然としていたが、やにわに刃向かい出した。

私は片手で口をふさぎ、もう片方の手で乳房を、ブラウスのうえからつかんだ。そして胸を合わせるようにして口から手を離し腰をさすった。

コノママ殺スコトダッテデキルノダ

ごくりとつばを呑みこんだ。

「やめて、浩一さん。まだ傷口が……」

由木子は泣きじゃくった。両腿を硬くとじて一心に抵抗した。

私はひるまなかった。

その晩由木子は高熱を出し、傷口が痛むとも言った。私は病院に連絡して夜中すぐに入院させることにした。

由木子を背負って病院まで連れて行くとき、これで帰ってきた甲斐があったとほくそえんだ。

私はやさしい恋人になりすました。

由木子は昨日と同じ病室の同じベッドに寝かされた。上目づかいにじっと私をねめつけている。手を握った。

「大丈夫さ」

それから額に手をあてた。

「熱は下がったみたいだ。ひと晩中こうしているから、安心しておやすみ。あしたお母さんに電話しておくよ」

由木子は何も言わず目をつむると、横を向いた。

翌朝由木子は私の姿を認めると涙ぐんだ。話しかけても口を開こうとはしなかった。私はただ所在なく、ぼんやりと丸椅子に腰かけていた。

「なぜ、帰らないの」

やっとのことで由木子が口をきいた。

「病人を置いていくわけにはいかないからね」

「そんな殊勝なことを考えているあなたなものですか」

「せっかく帰ってきたのに」

「嘘よ……どうしてあたしが泣いているか、わかる?」

「……」

「悲しいのよ。自分がうらめしくて。あなたの分も泣いてあげてるのよ」

「僕の分も？　なぜ？」

「悲しい人よ、あなたっていう人は。寂しがりやとばかり思っていたのに……」

こめかみのあたりがしぜんとひきつってきた。由木子の言いたいことはわかりすぎるくらいよくわかっていた。しかしわざととぼけた。

「きのう坂本繁二郎展を観に行ってきたよ。能面が主だったけど、あの絵のような悲しさかな」

「その絵はわからないけど……色にたとえたら真蒼《まっさお》な悲しさに違いないわ」

「そうか」

由木子は唇をかみしめた。


病院を出ると地下鉄を使い札幌駅で降りた。そのままＪＲに乗り込んだ。疲れ切っていた。

昨夜一睡もしていないこともあったが、それとはべつの疲労が澱《おり》のように頭の芯の方にたまっていた。後頭部がむしょうに疼いた。

飛行機は定刻に北海道を離れた。

赤茶けた大地をどんどん引き離してぶ厚い雲海を抜けると、落日の火矢《ひや》が真下の雲を突き射していた。

機はその陽光の中を進んだ。

やがて雲が切れたので、船は見えないか、と窓に額を押しあて、目をこらした。そのとき翼の蔭に一瞬隠れていた陽が現われて私の顔に向けて光を放った。

まぶしさをこらえながら夕陽を見遣った。

するとその陽があの画家の描く能面のような表情に変幻した。由木子のゆがんだ泣き顔になった。

彼女との営みを思い出した。

やがてそうした行為が異様な光を放って輝きはじめた。

高度を上げはじめた機の翼にまた陽が隠れてしまうと、自分の顔が急に冷たく強《こわ》ばってきていた。

顔に手をあて、そっとなぞってみた。

唇、鼻、頬、目、そして額と、手は血の気のひいた顔面を這った。天地にひきさかれるほどに引きつった。耳のあたりを陽光が鋭利に射抜いた。

檸檬《れもん》色の空

　母から坪井武俊を引き合わされたとき、僕は学友会誌に載せた小説を見せた。自己紹介も兼ね、気持や考えを知ってもらうにはそれが何よりと思ったからだ。また作品を手渡すことで、自分が表現者であり、並の高校生とは違う、と伝えたかった。

　小説を書くのを恃《たの》みとしているのだが、坪井に示した作品はあてつけ以外の何ものでもなかった。坪井がどのような感想を述べるか不明だが、もし母と坪井の再婚を僕が望んでいないふうな読後感を得たとして、それを坪井が口にのぼらせたら、小説は作りものだから、と応えるつもりでいた。それでも坪井は相手の息子が再婚についてあまりいい感じを抱いていないと判断するにちがいないだろう。

　再婚に異を唱えれば、僕自身幼いと見られる不安が萌《きざ》し、賛成することが成長した者の証しだと思った。自分がもう大人で分別も充分ある人間だとふたりに知ってほしかった。けれども、どうしても苦しくて、母親の再婚に嫌悪を露《あら》わにする少年を主人公に据えた短篇を書いた。書き上げて活字となった段階でいくぶん気も楽になったが、坪井の目に触れさせたい衝動は抑えきれなかった。

「坪井さん、何か言ってた？」

その日から二、三日おいて尋ねてみた。母は、稔《みのる》君は反対のようだ、と坪井が話していたと応えた。うまくいったと思ったが、僕はやはり用意しておいた応えを持ち出した。

母は、ふーん、と言ってしばらく見つめ、

「稔の気が進まないなら、いいのよ」

「そんなことはないさ」

応える僕は母を見ていなかった。母が言うには僕が成人するまで籍は入れず、坪井がこちらに越してきて同居するつもりらしい。坪井は目下アパートで独り暮らしだという。三年前に訣《わか》れた妻との間には僕よりふたつ上の大学に通う息子がいるのだそうだ。

互いに子持ちなのだが、養育を妻に託した坪井は気軽な身で、母に近づいてきたのだろう。

父の死後嘱託で勤めはじめた私立病院の事務員として、母は医薬品販売でやってくる坪井と仕事の上で言葉を交わすようになった。そのうち電話がかかってきはじめ、何回かに一度母は外出した。その間それぞれの生活や過去に話が及ぶ日もあったのだろう。

　思い返せば、交際期間だったと思える僕の高一から高二にかけての母は、夫を亡くしたあとのやつれも消え、三十代後半なのに二十代の女性の放つ光で輝いていた。母が美形だとは思いもよらないが、あの頃の母はからだの芯のあたりに、沸きたつ息吹にも似た気韻《きいん》が渦まいて、それが全身に往き渡り今にもこぼれ落ちそうだった。

　ある日曜日の朝、母が、車が欲しくなったから買おうかしら、と母らしくない提案をした。僕は面食らって、誰が運転するのか、と問うと、

「もちろんお母さんよ」

「それなら、まず免許を取ってからだよ。順序が逆だ」

　自分の中に小さな苛立ちが生じ、それがどこからか吹いてくる隙間風に力なく煽られている感覚に陥った。きっと坪井が運転するんだ、そう思えてならなかった。

「僕が二十歳《はたち》になるまで待ちなよ、母さんには車の運転はむりだ」

　なんとか抗弁したが、母の内奥でとろとろと燃え出している火の穂は結局鎮められなかった。翌月から母は言葉通り最寄りの自動車教習所に通い出した。夜間しか時間が取れない母の帰りを、毎晩風呂を立てて僕は待った。

　その頃、食器棚から父の九谷焼きの茶碗が消えた。戸袋の中に母がしまったのだ。茶碗は棚に

飾られていて、ガラス戸越しにいつも目にすることができた。僕の腰かける食卓の位置がちょうど真向かいにあたり、懐かしさと安息をそこに見出していた。

母に訳を尋ねると、もう秋で図柄が季節はずれだからとか、地震が来て落ちて割れたらそれこそ大変だからとか、理解に苦しむ応えが返ってきた。戸袋から出してそれとなく元に戻してみても、母が目敏《ざと》く見つけてはまた隠してしまった。灰色の空気のようなものに吸い込まれていくむなしさを覚え、歯ぎしりする思いで母を観察した。

日常生活に変わりはなく、教習所に通った一ヶ月はべつとして、いつも母は朝七時四十五分のバスで病院に出勤し、夜は遅くとも七時には帰ってきた。ただひとつ、電話料金が急増した。役所からの書類やその他請求書の類いは僕がいちばんに目を通し、そのほとんどを処理していた。生前の父も同じ仕事を受け持っており、わが家の大蔵大臣は父だった。母は父から毎月必要な金額を渡されていた。父の役目を今度は高校三年生の僕が引き継いだのだ。

電話料金のことをこぼすと、お母さんのお財布に一万円入っているから、ととうの昔に銀行の自動引き落しになっているのに、あっけらかんとした応えが返ってきた。そこである晩、二階の自室にこもった僕は、十一時過ぎに足を忍ばせて居間兼キッチンの扉の前に立った。耳を澄ますまでもなく、母の笑い声が夜の静けさを弾き出していた。

しばらく佇んでから思い切って扉を押し開けた。母はソファにゆったりと腰かけていて、左手に受話器を握っていた。入って行くと組んでいた脚を元に戻して、目で、何なの、と合図した。
僕は無言のままキッチンに入ってコップに水を満たした。

片手にコップを持って、ときたま唇を水でぬらす真似をしながら、何年かぶりに出会った友人と話すかのような新鮮さで喋り込んでいる母を見つめた。何なの、何、と盛んに目配せしてきたが、僕はすべて無視して、ひたすら母を睨んだ。

すると母が突然、ちょっと待って、と送話口に手を被せて、

「用がないなら、早く寝なさい」

命令口調で言い、すぐに受話器を左耳に押しつけて、ごめんねぇ、とまた喋り出した。

僕はサインを送られるたびに、気持が逆撫でされ、何よりも清らかでなければならない母との空間が、生乾きの傘から立つにおいのようなものに占められて行った。早く寝なさい、のひと言は深く胸に突き刺さった。

コップを食卓に音を立てて置くと、乱暴に扉を引いて二階に駆け上がった。部屋に戻るや、ひどい屈辱を受けた気分になってその場にうずくまった。そして、自分に可能性はあるのだろうか、と自問自答を繰り返した。

応えなど出るはずがなかった。全身に苦熱がはびこるような痛みを感じながら、コップを置いたときに水がこぼれて食卓が濡れたことを思い出していた。その水を母は拭き取るだろうか。

小説は作りものだから、という返答がそのまま坪井に伝わったらしく、挙式の日取りへとふたりの気持は歩みつつあった。お互いに二度目だから大層にしたくはないが、披露宴までひと通りのことはやるつもり、とはしゃぐ母ののろけ話を、砂を噛むような心持で聞いた。

母は、心の上澄みの部分で賛成を装っている僕の心情を、中身までそうだと信じ込んでいた。僕ももう反対を言い出せなかった。自分自身が否応なくゆがみ、湖面に顔が出せずに透明な水の中でもがき、ともすると湖底に吸い込まれて行きそうだった。

何回か落ちた最終の筆記試験にようやく合格した母は、さっそく車を買いたいと言い出し、八月の終わりの日曜日に中古車センターへ僕を誘った。新車にしないのか、と尋ねると、初心者は中古に限ると坪井が言っていた、と悟ったように見返してきた。また坪井か——。

すでに大気は秋の冷気に絡め取られているのに、夏のなごりをいくばくか留めた北海道の陽光が、最後の力を振り絞るように純度の高い光線を投げかけてきていた。それが家の前に展《ひろ》がる造成地の雑草を炒《い》て、褐色に変色させていた。秋へと季節が深まって行くゆえに緑を失いはじめた、と言ったほうが正しいだろうが、近所に丘陵を利用した酪農高校の付属農園もあって、一望の下に大地が見渡せる爽快さを統《す》べる太陽こそが僕には貴重であり、冷気を射抜いて肌に照射してくる力は憧れの的だった。

僕と母は肩のあたりまで丈が伸びた秋のキリンソウの間を歩いた。家のそばには空地を利用して各自動車メーカーの販売店が軒をならべ、その中に中古車を扱っている店もいくつかあった。商店街の片隅の家を惜し気もなく売って、郊外の格安の建て売りを購入した母とともに引っ越してきてから四年になる。当時、住宅もまばらで中古車ディーラーの目にもまだ止まっていなかった土地だったが、五年後に地下鉄開通予定のニュースが報ぜられると、様相は一変した。土地の整備が着々と進み、家や病院が建ち出した。自動車メーカーも進出してきた。しかしそばに酪農高校のあるおかげか、心配していたほどには開発は進まず、むしろ付属農園の広さを巧みに引き立たせる具合に、建物の配置も調和が取れていた。

僕はそれなりに胸を撫で下ろし、ひょっとしたらここが、僕の大学進学のために上京したあと故郷として思い浮かべる土地になるのではないか、と甘い夢想に耽ったりした。

「母さんね、三菱にするの」

「トヨタじゃないの、この前は日産にするって言ってなかった?」

「三菱はエンジンがいいらしいの」

「と、坪井さんが言ってたのかい」

「いいえ、これは、教習所の先生がおっしゃってたわ」

「なんで三菱のエンジンがいいわけ?」

「零戦のエンジンって、三菱だったのよ。だからだろうって、彼が教えてくれたわ」

屈託のない顔とはこのときの母の表情を指すのだろうか、坪井の言葉を福音とさえ感じ、それをなんら躊躇《ためら》うことなく息子に垂れてくる母、底抜けに明るいそうした母は僕にとってはじめてだった。

五十台以上の中古車が並べられている販売所をふたりで見て回りながら、六十万、三十万、中には十万という信じられないほどの安値の自動車が、素人目には中古車とは思えない輝きを呈している。どこかに欠陥があるかもしれず外見の見映えに騙されたらダメよ、と物知り顔で諭《さと》す母の得意気な横顔に目を遣りつつも、これも坪井からの情報だろうと読めるのだった。

ひと通り眺めて入口脇の事務所の方へ戻ってくると、男の姿があった。

母はとうに僕のそばを離れて坪井武俊に歩み寄っており、その嬉しそうな背中があやしく光っていた。

僕はふたりから三メートルの距離をおいて立ち止まった。背中を向けていた母が振り返り、坪井の真横に並んで、坪井が、やあ、と片手を挙げるや、お昼食べに行きましょう、とすっかり申し合わせができているふうに声を弾ませた。

「焼き肉でも、どうだい、稔君」

行き先まですでに決まっているらしかった。三メートルの距離が僕に、中古車の方はどうなっているのか、と詰《なじ》りとひねくれが交錯した口調で問いかけさせた。

「お昼食べてから、もう一度見にきたらいいでしょ」

「午後に友だちと会う約束があるから……」

「稔君、私が代わりに見てあげます。ご心配なく」

「そうよ、大丈夫よ。さ、早く行きましょう」

母はもう腕を坪井に絡ませていたが、坪井が静かに振り解《ほど》いた。不本意な目つきを母が一瞬坪井に向けると、愛犬をなだめるような視線が条件反射のように送り返され、その意味を汲み取ったのか、母は赧《あか》くなって首をすくめた。背後に五十台の中古車が陳列されている空間があって、回れ右をしてすたすた歩いて行くことも確かにできたが、まるで敵前逃亡の如くに思えた僕は、歯軋りする思いを発酵させながらも、三メートルを縮めはじめた。

冬野映子《ふゆのえいこ》も坪井武俊も、冬野稔の胸中に蜘蛛の巣がかかり、本人自身ですらその除去に手をやいていることを果たして気づいてはいまい。三人の姿が初秋の空を背景にくっきりと浮かび上がってくるその鮮やかさに、もやもやを抱いた自分の存在がにわかに小さく見えもした。母から映子、そして映子から冬野映子、やがて坪井映子へと経緯していくその傍らに、たぶん僕はいつまでもいることはないだろう。

どの中古車を選ぶかもう僕の任ではない。ひょっとしたら代金も母が支払わないかもしれない。

焼き肉は腹ごしらえのために食べる。それ以上の理由はなかった。

僕と母、ふたりの向かい側に坐った坪井との間の網には、焼けつつある肉が肉汁をたっぷり垂らして載っていた。坪井は肉にはあまり箸をつけず、ビールばかり口に運んでいた。ビールを呑む姿など見せたことのない母も、すぐ空になる坪井のコップにまめに酌をしながら、自分は手酌で口にするのをいかにも愉しんでいた。

僕はウーロン茶を片手に、ひたすら食べた。話しかけられたら応えればよいと割り切ると、思ったより食は進んだ。あらかた食べ終えて紙ナプキンで口許を拭うと、坪井がにこにこしながら、

「今度、プロ野球を見に行こう。九月末に日本ハムとオリックスの試合があるから」

返事に窮して、置いた箸をまた手にして肉をつついた。見たいとも見たくないとも思わない。どうでもよいことだった。

母と坪井が合図し合っていた。網の上の残った肉を引っくり返しつづける僕にふたりがそれ以上話しかけてくる気配はなかった。

中古車センターの前まで三人が何となくばらばらな感じで歩いてきて、母や坪井と別れた。秋のキリンソウに両側の視界を遮断された小道を家へと向かった。友だちと会う約束があるなど真

赤な嘘だった。今は自室でひとりになりたかった。

すでに二学期の授業ははじまっていた。クラスの中での話題は相変わらず音楽や映画、テレビ番組やゲームセンターなど変わりばえはしなかった。けれども中にはわざとそうした話を持ち出して、大学受験の勉強に一定の距離をおいていることを、あたかも潔しとして顕《あら》わしている者もいた。確かに大学への助走の火蓋は切られていた。人知れず塾や予備校に通い出している者もいて、みなの意識は尖鋭化していた。大学に進もうが職に就こうが、高校生活を卒《お》えるのは事実であり、とにかく自分の進む道を選択する必要に迫られていた。

大学に進学するつもりの僕はそこら辺に迷いはなかった。そして是非東京の大学に行きたかった。生前の父の口癖のひとつが、自分が叶えられなかった上京の夢を僕に託したい、というもので、いつのまにか刷り込まれてしまって、高校入学時の進路調査用紙に二つ三つ、在京大学の名を記入した。母はこの点息子任せのところがあって、意見らしきものは言わなかった。それどころか、僕の上京には坪井も賛成で、私立大学に進学しても大丈夫だとまで請け合ってくれた。母はそう言って、破顔一笑した。

そうなると浪人してでも国公立大学に合格するしかない、と頑なに思った。そのためには受験勉強を徹底するしかなかった。しかし律することが苦手で、勉強じたいに気乗りがしないせいで、夏休みを打ち過ごし秋を迎えても、まだもたもたしていた。

そうした中で唯一熱中したのが翻訳作業だった。来年の年明けに発行される学友会誌に今回は小説ではなく翻訳を発表しようというのだ。二十世紀を代表するアメリカ人作家の短篇を夏休みの開始とともに訳しはじめ、まだ終わっていなかった。英語は多少とも得意としていたが、翻訳となると話はべつで、何度も行き詰まって、書店で訳本は出ていないかと調べたり図書館に出向いて文献をあさったりした。馬小屋、孫娘、曾孫、老人、大佐などが登場して場面が展開されていて、意識の流れの手法が大胆に使われている一連の描写を、これぞという日本語にまだ置き換えられなかった。英語力以前の何かが欠落しており、創作よりむずかしく思われた。それでも辞書を繰り訳文を練り上げていく作業は愉しく、坪井の絡むこの時期、訳稿作りがある種の逃げ場となっていた。

部屋に戻った僕は窓から見える酪農高校の農場の肥沃なうねりに、短篇の舞台となっているアメリカ南部の広原を重ね合わせると、臍《ほぞ》を固めて原稿用紙に向かった。

孫娘と赤ん坊が小屋の中のベッドに寝ており、ふたりを見つめる貧乏白人の祖父は今しがた外で主人の大佐を大鎌で殺害した（にちがいない）。翻訳にかかる前にいっぺん通して読んだところによると、孫娘と赤ん坊も老人に殺される（はずだ）。最後の方で三人のいる小屋が燃えることになる……。

〈ちがいない、はずだ〉と書いたのは殺害の示唆までしか描写されていないからなのだが、描写の力で、省かれていてもきちんと見通せた。

小屋の中の光景を想像していると、二年前母が子宮筋腫の手術で二週間入院したときのことが思い浮かんできた。

相室に空きがなく個室に納まった母はすっかりピクニック気分で、たまの外泊を愉しんでいた。このとき坪井が秘かに見舞いに来ていたかどうか、病室で顔を合わせなかったというただそれだけの理由で否定している僕だが、花瓶の花も生け替えられていたときもあったし、単行本や文庫本の類いが床頭台に知らぬ間に積まれてあった。母に尋ねると、僕も知っている女友だちの名を代わるがわる挙げた。

子宮の手術の行なわれた日の昼過ぎに高校を早引いて駆けつけたが、母はまだ麻酔の力で眠っていた。ぼんやり病室で坐っていると、看護師が呼びにきて詰所の中の衝立の蔭に導かれた。ソファに腰かけるや、術衣姿の医師がガーゼのかかった膿盆《のうぼん》を赤子を抱くように抱えてきて、僕と、着席した医師の間のテーブルの上に置いた。

お母さんの手術を執刀した者だと、顎で受け支えている幅広のマスクを首まで下ろして自己紹介した。息子の冬野稔です、と僕も腰を浮かせて一礼した。医師は、手術は成功し、たぶん順調に回復し予定通り退院できるだろう、と説明した。僕は、ありがとうございました、ともう一度頭を下げた。

それで、と医師はひと呼吸おいてから、

「お母さんの子宮、ご覧になります？　ここに持ってきたのですが」

医師は膿盆を少し前に押し出した。するとそれまで単なるガーゼに被われたモノとだけしか認識していなかった物体が、にわかに内部からも外部からも、力を授かったように存在感を誇示しはじめた。

「僕でいいんですか」

「ええ。他《ほか》に誰か」

医師が問題にしているのは血縁か否かで、成年・未成年のべつではないとわかると得心がいって、大きく頷いた。

医師はガーゼの端をつまんでゆっくりと滑らせた。同時に膿盆を持ち上げた。膿盆はちょうど僕の視線と同じ高さの所に浮いている状態で、鶏肉と見紛うほどの固まりのこちら側半分がうかがえた。

医師は品定めでもするかのように膿盆を回し、矯《た》めつ眇《すが》めつ眺めてから、

「だいぶ大きくなっていましたね」

そして、テーブルの上に戻した。

先ほどのが側面図だとすると、斜め下の位置にある肉塊に対して今度は俯瞰的に向き合うこと

になった。

「ごつごつしてますね」

父と登ったことのある近郊の岩山を連想した。

「筋腫、つまり瘤ですよ」

クレーターを多数穿《うが》つ月が裏返ったらこうなるのではないか。ただし朱色と脂肪質の白で月面が着色されている。

正直、息を呑んだ。

「身内の方以外にはお見せできないんですよ。思い切って取られてよかったです。放っておくとそのうちこいつが悪さをやらかしますから」

言葉を失っていた僕は目の前の肉塊こそグロテスクなるものだ、という美学的表現すら認識にのぼってこず、こんなものを腹に潜ませていた母はさぞかし不快で苦痛だっただろう、と想った。

「アルコール漬けにして標本にしておきます。お母さんには許可をもらってあります」

黙って頷くと医師は再びガーゼをかけた。

詰所を出て廊下を病室まで戻ってきてノブに右手をかけるや、突然胃がむかつき出し、扉に額を押しつけて吐血もどきの苦汁にみまわれた。固形物を吐くことはなかったが、胃液で口許が黄色く濡れた。

呼吸が整っていっしょにこぼれた涙を拭うと、もう母の病室に入る気力は無くしていて、やたら鬱陶しく、踵を返して歩き出した。

あのあと、確かエレベーターで階上の休憩室に行き自動販売機でコーラを買って飲んだはずだ。炭酸が適度に胃壁を洗浄してくれて気分がすっきりした。コーラの缶を片手に、ベンチに身を投げるように腰かけると、しぜんと溜息がもれた。

〈祖父は素早く肉切り包丁を隠しておいた煙突の割れ目のところまで進んだ　その包丁は　彼の自堕落な生活と家の中で　誇りとしていた唯一の代物だった　それは剃刀のように鋭い刃を持っていたからだ　老人は藁蒲団の孫娘の声に近づいた……〉

日はすでに暮れていて小屋の中は暗闇だ。孫娘は祖父にランプをつけてくれるよう頼むが、老人は一分もかからないだべ、とささやきつつ孫娘の位置、そして顔を捜し当てる。孫娘は添い寝している赤ん坊もろともそのとき刺し殺された。

訳し終えた僕は全身に戦慄を覚えていた。

陽の沈みかける頃、母が帰宅した。坪井もいっしょで、仔犬を抱いていた。

キッチンで砂糖たっぷりの紅茶を淹《い》れていた僕は、母が坪井をキッチンに通じている居間に案内してくるのを見ていた。

先日はじめて紹介されたときと同じ位置に坪井が腰を下ろし、仔犬を胸元に抱え込んで頬ずりしていた。父が犬嫌いだったので飼いたいと希《ねが》っても叶えられなかった。母に不満をぶつけて抗議したが、原因は父のアレルギー性体質にあるらしく、犬の体毛と体臭に過剰反応して呼吸作用に障害を来すということだった。だから仕方ないのよ、と自分も犬が好きなので稔の気持はよくわかる、と外国人のよくやるように母は浮かぬ顔で肩をすぼめた。

食卓についた僕の背後を素通りしてキッチンの流しに母が立った。蛇口をひねり薬缶《やかん》に水を注ぎ、レンジにかけた。

「お湯なら今、ポットに新しいのを入れたばかりだよ」

「そうなの。ま、いいでしょ。稔、そんな所に坐ってないでソファに移りなさい」

火を消しかけたものの思い直して再度点《つ》けた母が薬缶の方を向いて言った。坪井には聞こえてほしくないのだろう、さりげない呟きだった。もっとありのままを見せてもいいじゃないか、と坪井の前で僕を良い子に仕立て上げようと取り繕う母がもどかしかった。

無言のまま紅茶カップを傾けた。

「中古車、三十万円のでいいのがあってね」

独り言のように坪井が言った。たぶん僕に向けられたはじめての砕けた口調で、カチンと来るものがあった。

紅茶カップをいつのまにか両掌で巻くように被っていて、器のぬくもりに温められた手が思いなしか顫《ふる》え出した。微細に揺れる紅茶に目を凝らしつつ、所詮黙り込むしか能のない自分に腹が立った。

母がふたり分の緑茶を盆に載せてまた僕の後ろを、こっちにいらっしゃい、と小石でも落とす調子で言い棄てて通り過ぎた。自分自身情けなくてしようがないのだが、重い腰を食卓の椅子からしぶしぶ上げて母の隣に腰かけた。犬が坪井の顎を舐め上げており、坪井が仔犬の紙のような舌を焔《ほのお》に煽られているようにも似せ首を動かしていた。

「拾ったのよ。飼おうと思うんだけど」

「いいよ、べつに」

「稔も犬、好きだったでしょ」

「だから、いいよ、飼っても」

「稔君、車はあさって受け取りに行く。来週の日曜、さっそくドライヴしよう」

坪井は犬を母に渡して、手を払うと茶を啜《すす》った。母は前脚の付け根、肩の部分に両手を差し入れて正面から犬の顔を覗き込んだ。

「ここら辺、最近、棄て犬が多いでしょう。野犬化したら恐いから……」

保健所の役人のような言い方をした。

「車は坪井さんが掛け合って下さって、六十万のを半額にしてもらったのよ」

「それはありがとうございました」

深々と頭を下げた。一瞬、母と坪井が目を合わせた。

紅茶カップを食卓に置き忘れたため手持ち無沙汰で、口笛でも吹くように斜めに視線を流していた。

「犬小屋の件なんだが、いっしょにこしらえないか。そうだ次の日曜日はドライヴじゃなくて犬小屋を作ろう。どうだね」

にわかに乾き出した唇に僕は舌を這わせた。口の中も水気を失ってしまっていて、立ち上がって紅茶を喫《の》みに食卓まで戻った。

「……稔、何なの、ちゃんと応えなさい」

「車のこと？　犬のこと？」

「ふざけるんじゃありません」

紅茶はすっかり冷めてしまっていたが、かえって好都合だった。一気に喫みほして、手の甲で口許をぬぐった。

「稔、いい加減にしなさいよ。せっかく坪井さんが親切に誘って下さっているというのに」

母は身をよじらせて振り返り、白目で見据えた。

「まあまあ、じゃ、またの機会にしよう。な、稔君」

ふたりの視線を一身に浴びた。向き直ってふたりの視野の中心部に進み出た。心の中で深く息を吸った。

「坪井さん、あんたにそんな喋り方で話しかけられる筋合いはない。何考えてんだ」

言い下した僕は、瞬時に包まれた沈黙の時間と空間に身を寄せるのがやっとだった。からだも精神も硬直して、怯えさえ感じていた。

母は日保《も》ちの過ぎた切り花のように首をしおれさせ、上半身をよじったまま下を向いてしまった。仔犬がひと声鳴いた。坪井は股を広げて手を組んだり解いたりしたあげく立ち上がった。

来るなら来い、やれるものならやってみろ。

「映子さん、もう一度考え直したほうがよさそうだ」

母は顔を上げなかった。坪井が近づいて肩に手を触れるとようやく上を向いた。頬に涙が伝っていた。

僕はおもむろに踵を返して二階の自室に上がった。ほどなくして坪井が去った。母が部屋にやってきた。

机に向かっていた僕が振り向くと、充血した目の母が戸口に立っていた。

「あの小説は作り物じゃなかったんだな、って坪井さん言い残して帰ったわ。稔はさぞかしすっきりしたことでしょう。やっぱり無理ね。謝らなくてもいいのよ」

母は部屋の中央の床のあたりに視線を落としていた。

「小説はあくまでも小説、関係ないよ。ただ無礼な奴は嫌いなんだ」

「親しみを込めて、だったと思うわ」

「きょうで会うのはまだ二度目だ。気やすすぎるのさ、あの男。今のうちに一発がつんと食らわせておかないと付け上がるといけないから……でも再婚はしていいんだよ。遠慮はいらない。母さんの人生だから」

相手の気持と立場を尊重した大人びた言い方を装いつつも、その実、気持の上で背伸びしていることは充分感じていた。

「ありがとう。稔が大人の男の人だったら、びんたものね。さっぱり嬉しくない」

べつに母に本心を見破られたとは思わなかった。本音のところで再婚に賛成していたからだ。午後からやっていた翻訳の最中、子宮筋腫で入院していた頃の母を回想しながら、母が坪井と再婚すれば手放しの状態で東京の大学に進学できると思いついていた。母と坪井の再婚は僕の上京を促す序奏で、そう推し測ると、何もかもが丸く納まることになるのだった。だが、母に向かって言える内容ではなかった。告げたとしてももうふたりは訣《わか》れはしないだろう。

「稔、正直な思いを聞かせてほしいの」

戸口に佇んでいた母が二歩三歩と中に入ってきて、はじめて僕を見、坪井が是非プロ野球を観に行きたいから、一週間後に電話で稔の確認を取りたいので決めておいてほしい、と託《ことづか》ったと言った。

母の目は諦めを想わせる笑いがこもっていながらも、遠方を眺望するかのように澄んでいた。ふたりの最後通牒だとぴんと来た。

けれども母と坪井は、胸の裡で気兼ねない上京を歓んだ僕に、それくらいの強引さで臨んでも全く構わないのだ。すでに自分の中で母を取り引きの道具と見定めてしまった僕に、あれこれこぼす資格などなかった。こういう人間に大学合格の朗報がもたらされる可能性はあり得ないのではないか。僕は自分の決意にひどくうろたえた。


犬小屋は言われなくとも率先して作った。僕自身母と同じく犬が好きで、ずっと飼いたくて仕方なかったのだから、坪井の誘いなど関係なかった。むしろ声をかけられたことで先を越された気のしないでもなく、聖域が土足で汚された気分だった。

仔犬はおそらく日本犬どうしの雑種だろう、柴犬を連想させた。子供の頃から飼うなら北海道犬と決めていたので多少の失望はあったが、縫いぐるみでは得られぬ感触は僕を虜《とりこ》にした。

楽《らく》と名づけた。

来春こいつを置いて上京することになると思うと後ろ髪を引かれるが、夏や冬に帰省する際いちばん歓んで出迎えてくれるのが楽であってほしい。なぜならその頃には、わが家がわが家であって、わが家でないだろうから、楽と楽の小屋以外は僕のものではなくなっているにちがいないのだ。その楽でさえ、母と坪井が拾ってきたものだった。

七日後、坪井からきっちり電話がかかってきた。この前は済まなかったと謝るので、いいえどういたしましてこちらこそ、と淀みなく応えると、寸時の沈黙のあと、稔君、ざっくばらんにいかないか、もう睨み合いはやめよう、とでも言いたげの声が届いた。返答に窮した僕だが、一途さを湛えた声に心ほぐれるものを覚え、にわかに目頭が熱くなった。

「楽とつけたんだって」

「はい。小屋も出来てます」

「いいのが作れたんだってねえ」

坪井の言い方を反感を抱かずに受け容れているのが不思議だった。負けるなよ、認めてはだめだぞ、と旗を振る僕はやたら力《りき》んでいた。

「野球の件なんだが……」

「いつでしたっけ」

「九月二十六日、日曜日のデイ・ゲーム」

「べつにこれといって用事ないから」

「受験勉強の方は」

「それくらい……かえって息抜きになるし」

じゃ決定だ、とひと皮剝けた弾んだ声が返ってきた。

そばに母がいなかったのが幸いした。中古車を購入して四日目なのに運転が愉しいらしく、通勤にも使い、友人たちを夜のドライヴに誘っていた。日曜の今日も、市街地から五キロ南にある湖までドライヴする、と言って早朝から家を空けていた。

受話器を置いた僕は、ひと仕事終えた気がしてほっとした。ソファの背に両手をかけ深々と腰を落とした。掛け時計が十一時を指している。

そのときふと、坪井の傍にひょっとしたら母がいたのではないか、と疑念が湧いた。いっしょに出かけるドライヴの相手の名を言い置いていかなかった、こちらも強いて訊かなかった。

口の中がいがらっぽくなった。だからどうだ、と問われても応えようがなかった。苛立ちと困惑、そしてわずかながらもわが身を恥じ入る気持の三つが糸屑のように絡み合った。

九月中旬、進路に関する第一回目の三者面談が学校で開かれた。勤めを休んだ母と僕と担任の三人が、方形に固められた四個の生徒用の机を囲んで話をした。あらかじめ進路希望調査用紙を提出してあったので、教師の方から志望大学への合格率について話が進められていった。在京の国立大学を第一志望として、他に私立大学を二校挙げておいた。いずれの大学も文学部志望とした。

担任で国語を教えている三十半ばの女性教諭は、第一志望の帝都大学を東央大学に下げれば合格はまちがいなく、私大の和仁大学、西京大学も可能圏にある、と卒業生の資料を参照しながら事務的に説明した。そして、冬野君の場合は文学部一本だから指導しやすく、志望大学のどの学部も著名な教授陣が揃っているはずだから、国立大に万が一失敗しても、ご家庭の事情が許せば和仁大学でも充分でしょう、と今度は一転して頬をゆるめて語った。すると母が、私大でもなんとかやれそうなので浪人だけはしてほしくない、と言った。

僕としては帝都大学に進みたいのはやまやまだったがセンター入試の出来、不出来もあるし、それに何よりも不合格で浪人する場合は地元の予備校に通うと母と約束していたので、上京を第一としているからには、東央大学に志望を変更するのにやぶさかでなかった。私大に入学してもよいが、坪井の金で学ぶことになるにちがいなく、蟠《わだかま》りが残った。

考えてみます、と返事をしたが、東央大学にしようとおおかた心を決めていた。帰路母にそれを伝えた。

母は今晩にでも坪井に電話で知らせるだろう。母がどういう表情で喋るか、とても見たい気がした。

志望大学が一応決定してすっきりした気持になった。それで、九月下旬締め切りの例の翻訳を仕上げてしまうことにした。あと原文で二頁足らずのところまで来ていて、時間を作って一気に訳し終えるつもりだ。そのあと脱稿の祝いも兼ねて野球を観戦しようと算段した。

その日、坪井は革ジャンを羽織って現われた。目の透けて見えるサングラスもかけていて、茶褐色のジャンパーからは革のにおいのほかに、これまで僕にとってなじみの薄かった薫りが漂ってきた。その芳香は確かに他と区別できるのだが、それをどう名づけてよいか見当がつかなかった。しかし〈既視〉があるとすれば〈既臭〉とも言えて、懐かしさがこみ上げてきた。その懐かしさも、体験済みの昔の思い出を焦がれる種類のものでなくて、土をじっと見つめる岩手の詩人や北アメリカ南部の原野の果ての地平線を遠望する小説家に萌《きざ》してくるにちがいない、誇りと感傷の詰まった郷愁だった。

一塁側の内野席につくと、坪井はすぐ楽のことを目を細めて訊いてきた。僕は、毎日のように農園の小道に連れ出して散歩をさせている、と応えた。坪井は満足気に頷いたが、その表情には僕が東京に去ったあとはこのオレが楽を連れて歩くことになる、という先取り意識が見え隠れした。

試合が開始されてピッチャーが投球しても、白球が見えないのには驚かされた。テレビの中継と訳が違った。内野ゴロや外野フライを捕る野手の敏捷な動作をはじめて観た。バッターが大きくバットを振るやいなや、波が襲ってきて、傍らの坪井に身を凭れ掛けることがたびたびあった。ファールボールの落下球を避けようとする観衆のすばやい動きだった。波は反動で即座に元に戻ったが、ボールの落下地点がどこなのかは不明のままだった。

何度か坪井の革ジャンに身を寄せ掛けるたびに、さきほどのにおいが僕の身にも滲み入ってきた。坪井は野球観戦に慣れているようで、声を上げたり叫んだり拳を振ったりする仕草が板についていた。

会場が沸き返ると満塁であったり、周りが総立ちになって拍手を送るとホームランであったり――坪井はそうした観客の行為をすべて見越す形で声援を送っていた。

ふと家移りのとき棄てずに荷物の中に入れてきたグローブを思い出した。

小学生のある夏休みにせがんで買ってもらったもので、父は中学・高校になってからも充分使えるようにと大きめのを選んでくれた。手首ばかりでなく腕の三分の一くらいまで被い隠してしまうほど大きくて、新品の革の酸味が匂い立つ、小学生にはもったいない品だった。手がもっと大きくなったら使おうと、一番下の抽斗《ひきだし》に忍ばせておいた。

しかし小学生時代は野球少年だったが、中学に入学するとグローブの存在すら忘れてしまうくらい他の球技に熱中した。抽斗を開けることもなくなり、父が死去したあとの転居のため荷作りをはじめたときグローブを久々に発見した。店員から受け取った紙包みを素気なく僕に手渡す、それでも父としては最高の愛情表現のつもりにちがいない息子への表情が同時に蘇った。

未だ新品同然のグローブはそのときの僕の左手にぴったりはまった。引っ越して落ち着いたら軟球を買ってこようと決めた。転居後新しい部屋の吊り棚の上にボールを噛ませたままグローブを載せて置いた。それからまた忘れてしまった。綿埃に埋《うず》もれて今もそこにあるはずだ。東京に発つ折の荷作りでまた出会い、旅をともにすることになるだろう。

試合が終了したのは三時過ぎで、僕と坪井は母が車を停めて待っている予定の場所へ急いだ。先に着いていていたらしく窓を開けて文庫本を読んでいた母に坪井が、映子、と声を掛けた。はっとして本を膝に乗せて振り向いた母は、窓を巻き下げて、早かったわねえ、と弾んだ声で応えた。

「時間通りだけどな」

坪井はサングラスをはずして折り畳んでジャンパーの胸ポケットに差し入れ、足を速めた。ほんの短い距離だが離れていく坪井の背中が微笑んでいるようで、ついさっきの母の澄んだ声とないまぜになった。明らかに悋気《りんき》が胸いっぱいに広がって、立ち止まった。

母は車を降り、坪井がその横に立った。

僕と、車を背にしたふたりとは三メートルも間をおいてなかった。あのとき僕の背後には五十台ほどの中古車が並んでいた。だが今の僕は、自分の裡に、互いに噛み合わない食い違いだらけの人格が潜んでいた、八月末の僕ではもうなかった。

自分の気持に正直に従えばいいのだ。小鼻を動かしつつ、消しゴムのような味の唾を吐き棄てて踵を返して立ち去ろう。そう意を固めるや、二歩三歩と後じさりして、ふたりに背を向けて駆け出した。

すぐに母が追いかけてきた。自分よりも母の息が耳につく始末で、しぜんと速度が落ちていった。追いついた母は思いもかけぬにこにこ顔で、武俊さんがキャッチボールしましょうって、と一気に言ってから胸に手を当て、稔ったら走るの速いわね、と荒い息を吐いた。

どう返答していいか戸惑うだけだった。

「グローブ、家にあったわよね」

首肯した僕は、このままずるずる引き込まれてしまうのだろうかと恐れつつも、大きな力にほだされて行った。


はじめてボールをやりとりするためにグローブをはめた。

自宅に戻ってから、僕と坪井は一面が茶褐色の枯れ草と化した造成地に入って、乾燥した草を踏み拉《ひし》いでキャッチボールを開始した。坪井は素手で受けた。

坪井の投げてくるボールは風を切って、グローブのど真ん中に突き刺さってきた。鈍重な音が響いて、痛みが掌に弾け広がった。額や首筋に汗がにじみ出した頃、坪井がジャンパーを脱いで草の上に投げ棄てた。

空が夕暮れの気配に染まり出していた。その中で白球は薄闇に沈まず不思議と光った。球が完全に暗がりに支配されるまでボールを投げ合った。

その夜の食卓で坪井から、十一月三日の文化の日に式と披露宴をしたいがいいか、と問われた。一瞬口ごもった僕は、自分が上京する日の朝を思い描いてから、いいよ、と凝《こご》った声で応えた。

結婚式までの一ヶ月、翻訳のゲラの校正をしたり、東央大学の過去問を解いたりして過ごした。もちろん楽の散歩も欠かさなかった。坪井と母は頻繁に連絡を取り合っており、三人で食事をすることも二、三度あって、進んで僕を迎え入れようとしている雰囲気が伝わってきた。しかし僕はあくまで酒の肴にしかすぎず、「おついでさん」と自嘲していた。もうそれでいいのだと思った。母の仕合わせを希うなどといった大それた名分を抱いて、気をなだめるにも及ばなかった。

ただ、日曜日に坪井がやってきて風呂につかられるのは嫌だった。かいがいしく夕方から湯を沸かして坪井を入浴させ、その間にビールや食事の用意に勤しむ母は心も浮き立っているのだろうが、端女《はしため》同然に見えた。

こんなことをしたかったのか。さっそく買い揃えた夫婦茶碗や箸で夕食を摂るふたりの姿を揉み消そうと、楽との散歩に出た。

　農園の小道をゆっくりと歩いて帰って来ると、坪井の顔はビールで紅潮しており上機嫌で話しかけてきた。僕も、楽のことをはじめとして、模擬試験の成績や席次、東央大学の合格率を軽やかに喋った。

　君も一杯どうだ、とビール瓶を傾けてくると、母が一笑してグラスを差し出すので受け取って、金色の液体と泡が注がれるのを見守った。僕にはまだ苦かったが、散歩のあとの渇きを癒そうと喉ごしよく流し込むと、坪井は拍手した。口許を塗った泡のついた手の甲を片手で拭き取って僕は溜息をつき、微笑んで見せた。

　気をよくした坪井は饒舌になって、大学生の息子のことまで話し、一度会ってほしい、と持ちかけてきた。返答に困っていると母が、稔も大学生になってからの方がいい、と折り合いをつけてくれた。

「そうだ、それがいい」

　空のグラスに手酌でビールを注ぎながら坪井は盛んに頷いた。そして早くも回った酔いのためか、手許不如意でこぼれた泡を唇で吸い取ったと思うや、にわかに面《おもて》を上げて、

「稔君、ブラジャーでもしたらどうだ、胸をちゃぽちゃぽさせて。映子よりもすごいぞ」

　そのとき母はキッチンの方へ引き込んで揚げ物をしていた。一気に呑みほしたビールのせいで

僕も酔ったのかと思った。

二の句が継げなかった。

小太りだったが気になるほどでなく、胸の肉のたるみなど考えたことも悩んだこともなかった。その点急所を突かれたわけでなかったので、すぐ気を取り直して、

「母さんに貸してくれるよう頼んでみて下さい」

とっさとはいいえ、かなり大胆な応対をした。

すると坪井は、よおし、今度剝ぎ取って持ってきてやる、待っててくれ、と赤ら顔を皺くちゃにうじゃけてゆがめた。そこへ母ができたてのエビフライを大皿に載せて運んできた。

坪井は正気づいたように胸をそらせ、美味そうだな、と目を細めた。

ビールを呑みほす前の乾きとはべつの乾きを覚えはじめた僕はグラスを持ってキッチンに立った。あの野郎、と、その時点になってとたんにむかついてきた。蛇口をひねってグラスを水いっぱいにして咽喉の中に押し込むや、流しに叩き付けた。

母はこのことについて不思議と何も言わなかった。もっとも僕自身もだらしなかった。水を出し放しにして割ったためそれほど強烈な音が立たず、あらっ、どうしたの、といった感じで、少し上体を反り返らせて母は振り向いたにすぎなかった。

手がすべった、などと水を止めずに情けなく応えた。砕け散ったガラスの破片を拾い集め、今の自分のこの行為が母のためを慮《おもんぱか》ってなのか、坪井に対する臆病心のせいなのか、はたまたふたりに遠慮したゆえなのか判断がつきかねた。言葉遣いのことで坪井に反発した僕はもうおらず、キャッチボールに飼い狎《な》らされてしまっていた。

このままの調子でずっと行くとしたら、そんな自分を許せるはずがない。かといって、いったいどうすればよいのだろう。受験勉強に打ち込み、楽との散歩に興じ、ときに自慰に耽るこれまでの生活をつづければいいのであろうか。そうすればしぜんと気も納まり、大学にも合格して上京を果たせるのだろうか。

こうした僕の僕自身への嫌悪感を取り拉《ひし》ぐように、週に一度か二度の坪井を交えての暮らしはつづいた。

楽を連れて三人で農園の小道を散歩することもあった。母が僕を誘い、行こう、と返事をするときは上機嫌だったが、楽がいっしょなのでそう応えているだけだった。三人だと僕の居場所がなかった。しかし楽を引き、二、三歩先を歩くにせよ並んで進むにせよ、これ見よがしの家庭円満の光景は所詮まがいもので、あざとくもあった。演技しているつもりなど毛頭なかったが、母の仕合わせ、自分の上京のための狡智をつねに肚《はら》に収めていた。やはり振りをしていた。いちばん心を傷めていたのは母かもしれなかった。

結婚式の当日、母は早朝に家を出た。僕は式の始まる三十分ほど前に来るように言い渡されていたので昼近くになって外出した。

坪井も母もごく親しい親戚や友人しか招待せず、式も神式の簡素なものだった。

母親の婚儀が行なわれている式場の雰囲気が不思議な信号を送ってきた。看護師詰所の奥で見せられた肉塊が奏でる呟きのように聞こえた。幻聴かもしれなかったが、肉塊を内部から突き上げ隆起させた無数の筋腫の瘤が己の存在を主張していた。その声なき声は結婚指環の交換をしているふたりを見つめる僕の頬をひっぱたき吊るし上げるほどに鈍く重かった。くらくらとめまいに似た軽い惑乱を覚えた。瘤と瘤との微妙な空隙に吸い込まれていく気がにわかにした。その吸引力に逆らうこともできず、身が一片ずつ引きちぎられていった。

いつのまにか式は終わっており、これから親族を加えての写真撮影があり、つづいて披露宴だ、と親類の者に肩を叩かれたとき、我に返った。

いつものはしゃぐ母も侠気《おとこぎ》をあえて見せようとする坪井の姿も今日はなく、ふたりは雛人形のように鎮坐していた。なぜか心の角が取れた気になって、披露宴の末席でマイクを握り歌を唄った。冬野映子、いや坪井映子の息子として歌います、と前置きして柄でもないパフォーマンスを演じた。マイクを司会者に返したとたん、全身が霧のようなもので覆いくるめられ、硬直が走った。胸がしめつけられ、隙間風が諸々の組織、細胞の中に滲み透ってきた。身も心も何者かにかっさらわれてしまった。吹き荒れた冷風だけが屯《たむろ》して渦巻いた。

十一月の中旬、坪井が引っ越してきた。始まるんだな、と漠然と思った。同時に早く年が明けてセンター試験が済み、二月の末に上京したい気持が強烈に迫ってきた。母は勤めていた病院を十月末付けで辞めており、主婦業に専念していた。坪井とは仲が良く、図らずも、いやごくあたりまえに、死んだ父が思い出された。ふたりの仲がどうだったかはっきりとわからないが、ガラスに似た透明さをふたりの間に感じた経験はなかった。いっしょに入浴していた父と母の記憶はない。再婚後、母は坪井と風呂に入った。僕の前に青空があるとしたら、ふたりはその青空を翔ぶ鳥だろう。湯水を浴び仲むつまじくからだを拭き合っている。僕の心底はぬるぬるとして淀み、火で焙って乾かすことなどとうてい望めなかった。

いっしょに暮らすようになって一週間もしないうちに坪井は午前様を繰り返すようになった。病気がちだった父とは全く違う、ひょっとしたらこれが男の世界と呼べるのかもしれない、けれども僕の目にはあくまで乱れとしか映らない、新しい父の日々と出食わすこととなった。外の社会の独特の埃っぽい臭いや酒の悪臭がわが家を満たし、一方でそれに不満をもらさず迎え容れる母がいた。僕だけが身心に歪曲を感じ、家という器の中で擂《す》り粉木で潰されていた。

初雪は例年より遅かったが、十二月の中旬も過ぎると、家の前の造成地や農園は雪に埋め尽くされ、雪かきが僕と坪井の朝の仕事となった。

スコップを自在に振り上げ下ろして雪を放り投げる坪井はたくましく、膂力《りょりょく》にからきし自信のない僕は、しだいに荒立ってくる坪井の弾みのある息を耳にしながら、なんとか自分の持てる力を打ち出そうとした。ふたりとも防寒具の下は汗に満ち、手袋も脱いでいた。スコップの柄と掌の間も水濡れて、手から木と汗の混じった異臭が立ったが、むしろその臭いそのものに憧れめいたものを覚え、同時に、坪井を頼もしく思った。酒の入らない、朝の新鮮な男くささの坪井なら、と思いが至り、ふと気づいて、そういう自分を肯定するかしりぞけるか、いぜん戸惑った。

雪かきを終えて家の中に戻ると、灯油ストーブが部屋を暖めており、母がすでに朝食を食卓に用意していた。

年の暮れも正月も、団欒というものを味わっているうちに過ぎていった。そうした中で、僕は楽を雪野に放して遊ばせるのが唯一の息抜きだった。二、三ヶ月で楽はすっかり大きくなり、坪井が抱きかかえてきた棄て犬ではなく、もう僕の楽だった。坪井もときに横に佇んで、体躯《たいく》を雪の波に浮かび沈ませながら走駆する楽に顔を綻ばせた。楽は僕の許に戻ってきた。勝った、と思ったのは嘘ではなかった。

センター試験の得点を、新聞に発表された解答で採点していた日の晩、僕はほぼ確実に東央大学への二次試験受験資格を得たことを確信した。部屋の片隅に置いてある小型の灯油ストーブの上に載せておいた薬缶の沸騰の滾《たぎ》りは僕の意気込みそのものだった。

その夜はなかなか寝つかれず、零時を回ってからほどなくして帰ってきた坪井の酒に酔った濁《だみ》声《ごえ》が階下から聞こえた。

母がなだめすかすように、たぶん、はい、はい、と応えながらかいがいしく世話をやいているのが想像された。気分の昂《たか》まっていた僕は、一気に下にかけ降りて、このときとばかり、この野郎、と食らいついてやろうかと思った。そう考えるや知らぬ間に上体が起きていた。蒲団を抜け出、自室から階段へと歩みはじめていた。それでもさすがに忍び足で降りきると、居間の扉の前に立って、乗り込む前に深呼吸をした。

もうずいぶん昔に思えるが、同じ場所で母の電話で話す華やいだ声を聞いた。ほんとうはたった半年くらい前のことなのだが、その電話の相手だった男をこれから殴り飛ばしに突入する。理由など要らない。僕に、殴られるに至らせたことそれ自体が原因なのだ。

ノブに手をかけてひねり回そうとした。そのとき母の、いや、女の声が耳に入った。高音の、上ずった、途切れ途切れの悲鳴のような、しかし妙に澄み切った、小動物の鳴き声が僕の全身をくるんだ。何事か。何かあったのか。にわかに不安に掻き立てられた僕はひと思いに扉を押して、中に躍り込んだ。

六ヶ月ほど前、母が脚を組んで電話での会話に夢中になっていたソファに、坪井と母が折り重なり合っていた。ふたりの下半身は開《はだ》けていた。

ふたりがほぼ同時にこちらに顔を向けた。坪井は呆然とした表情で、母はうるんだ眼差しをしていた。

次に取るべき僕の行動は決まっていた。踵を返し、開いている扉の穴を乱暴にくぐり抜けて二階に駆け上がった。その間、とっさにある決断を下していた。

蒲団に入っても眠れるわけがなかった。階下からは物音ひとつ立ってこなかった。起きて二重窓を開けると、雪がちらついていた。積もるほどの勢いではなかった。レースのカーテンが掛かったような、白く光る夜の闇に目を透かした。その向こう側に雪野を遊び跳ね回る楽を凝視していた。迷いは当然あった。けれどもやらねばならなかった。

眠れずに一夜を明かした。五時に床を離れて服を着、きっちり防寒した。そして床を上げて抽斗《ひきだし》から預金通帳と印鑑を取り出して、アノラックのポケットに押し込んだ。まだ夜明けには二時間ほど間があった。暗闇の中を手さぐりで寝静まった家の中をキッチンまでたどりつくと、流しの上の蛍光灯の紐を引いた。そこだけ光の溜まった下で流しの下の収納を開け、肉切り包丁を抜き取った。もう一度紐を引いたあと、玄関から外に出た。

楽が扉の開閉の音に気づいたのか、のろのろと小屋から這い出してきて、ぶるぶると全身を顫《ふる》わせた。同時に尻尾を振った。包丁を後ろに隠して、楽、おはよう、と呟きながら近づいた。決して楽の目を見てはならなかった。仔犬を抱いた坪井と、その坪井に寄り添うように並んで玄関に佇んでいた母の姿が脳裡を掠めた。

一分後、僕は家の前の造成地の央《なか》ほどに、包丁とスコップは脇にはさんで雪をこいで進んで行くと、懸命に穴を掘った。土は凍《い》てついていて硬く、大地に力がひたすら吸い込まれて流れて行くようで、雪かきどころではなかった。あたりはまだ暗さが占めていたが、雪野は白々と輝いていた。

雪はとうに止んでいた。畜生、畜生、とくやしさをこめて呟き、それがいつか叫びになっていた。涙が止めどもなくあふれ出てきた。

一時間ほど後、包丁もいっしょに埋め終えるとスコップを放り飛ばし、家を背に雪の中を歩きはじめた。道に出て振り返ると、ほぼ一直線に血痕と足跡が家から雪原を割って貫いていた。亀裂の中央部の雪は土と混ざり合って乱れに乱れていた。

夜明けが近づきつつあった。中古車センターを横目に見ながら本通りを渡り、地下鉄駅を目指した。

ふと空を見上げると、薄闇の底の方に雲の形が白っぽく映し出されていた。

グローブをはめてはじめてキャッチボールをしたときの空はもう少し明るみが残っていた。黄昏どきだったが、あの折は沈み行く太陽が秋空にぴったりとはまって檸檬そのものに見えた。

微光の朝

母は生涯、息子である私の前で涙を見せなかった。

野辺送りの朝、粉雪が舞った。雨であってほしいとひそかに思いもしたが、死んでからも母は母らしかった。

マンションの五階からエレベーターで棺を外に運び出さねばならなかった。私はふと、五階のこの部屋を決めた日、母を伴って不動産業者と三人でエレベーターに乗ったときのことを思い浮かべた。

一メートル四方にも満たない箱の奥の壁に、方形の蓋に似たものが床から七十センチくらいの所にはめられてあって、手前に引き倒せる具合になっていた。引けばそこに長方体の穴が穿《うが》たれているだろうと想像できた。その穴の役割を、以前マンションを購入した友人に尋ねたとき聞かされて知っていた。

私は母の顔を見、ここにどうしてこういう装置が施されているかわかるか、と問うた。母は知らない、と頭《かぶり》を振った。黙っている不動産業者を横目に見ながら、私は素っ気なく、棺の先端を押し入れるためだ、と言った。途端に母は眉をしかめ、あっそう、と露骨に嫌悪を顕《あら》わした。棺は縦に長いからこうやって端を突っ込まなくてはエレベーターで運べないのだ、とさらに説明を付け加えた。母はぷいと顔をそむけた。肩のあたりに怒りがこもっていた。

顫《ふる》えるような肩を見つめながら、日頃から死ぬ頃合いを説く母にしてもやはりその種の話には顔をそらしたくなるのだな、となぜか胸を撫でおろした。母はいつでも覚悟はできていると言い、だからおまえは安心していてくれ、と札幌―東京間の長距離電話で話していた。

私はそんなに潔くなれるものかと勘繰り、また七十を迎えるとしぜんにそういう心境になるのが普通かもしれないとも考えた。しかし思い返してみれば還暦を過ぎた頃から母は同じような内容の決意を語っていた。その理由はおそらく、墓の修復が成ったからではなかったか。

四十年近くも前のことを、私は思い起こした。

秋葉《あきば》家の墓は札幌市の西南に位置する、海抜五三〇メートルの藻岩山《もいわやま》の麓の墓地の一画にあった。浄土真宗系の寺院が管理していて、門徒である私の家にはちょうどよい場所だった。

畳四枚ほどの土地は更地のまま放置されていたが、私の小学生の頃、父がたいそう立派な墓を建立した。灰色で高さが二メートルくらいある雛壇式の典型的な墓だった。「秋葉氏先祖代々之墓」と刻まれていて、他の墓と違って「家」でなくて「氏」となっていることが私には新鮮だった。なぜか出自が武士であるような気がした。

敷地内はセメントで固められ、周囲には植木が施された。

父は自分の代で念願の墓を造れたことにひどく満足して、これで肩の荷が下りた、と呟いていたが、母は完成した墓所が直感的に気に食わぬようで、その根拠をなんとか見出そうとしたのだろうか、墓相鑑定士を探し出してきて、鑑定を依頼した。田原という名の鑑定士の言葉を母は得意然として父と私に話して聞かせた。

それによると、もともと墓というものは仏教において存在しないものであって単なる土俗的な習俗にすぎないから、見栄を張るような大きさのものを建てるべきでないらしく、また人間は死んだら土に還るのだから、敷地に土を残しておくべきで、コンクリートを敷いてはいけない、という。だから立派な墓をひとまず取り壊して地蔵を一基建てること、そして敷地内を土に、それも良質の赤土に換えることが先決ということだった。

小学生だった私にはよくわからなかったが、父はただ呆れていた。

「それで、もし改修しなかったら、どうなるんだ」

父が興味本位に訊ねると、

「一家の大黒柱であるあなたの生命にかかわるそうなんです」

母は声を落とした。

「まさか」

「いえ、ほんとうだと思うわ」

母の目は奇妙に坐っていた。父は苦笑して、莫迦なことを言うな、と席を立った。

そのあと母は、出来た墓を見てぴんとくるものがあったのは嘘ではなかった、と私に語り、なんとかして、少なくとも一年以内にはべつの墓に建て直したい、借金もいとわない、と臍《ほぞ》を固めた。

それから半年も経たぬうちに、鑑定士の言葉が当たったのかどうか知らないが、父が狭心症であっけなく世を去った。そおれごらん、とはさすがに母は口にこそ出さなかったが、唇をかみしめて、父の遺骨は自分が造り替える墓に納めると言って、墓の全面改築に乗り出した。

母は三十六歳になったばかりで、父の遺産を相続して、金銭的にゆとりができていた。郊外に家も新築したし、喫茶店を買収して商売もはじめていた。父の庇護を離れて独り立ちしようという気運に満ちていた。

新しい墓についても熱心だった。小樽に住む田原と電話で週に何度も連絡を取り合い、いかにして墓相のよい墓を造って、秋葉の家が末長く栄えるかを念頭に置いていた。

父が死去した晩冬から半年くらいした七月の初めに、母の希望した墓が出来上がった。母と見に出かけた。

坂道の一角に松の木が一本立っていて、そこを曲がると我が家の墓所なのだが、松の木の根下に赤土が放置されていた。余った赤土の処分に困って棄てた、と母が言っていた通りだった。赤土は小樽市郊外からわざわざ運んできていた。

赤茶けた土が湯気をたてているように盛られていて、中央に地蔵がぽつんと建っていた。土に刺さっているという方が当たっていた。

「これでお墓?」

「そうよ。これがほんとうのお墓」

母の声は伸びやかで潤いがあった。

「母さんの骨も、お地蔵さんの下に埋めてちょうだいな」

「……それはかまわないけど、僕はごめんだよ」

母は振り返って理由を問う目つきをした。

私はここは草ぼうぼうになりそうだし、虫もたくさん湧いて、自分にはとても安住できそうにもないから、と現に足許を列をつくって這っている蟻を見つめながら応えた。

「土といっしょになって、いいじゃないの」

「僕は虫が嫌なんだ」

「そお」

母はすげなく言い放って、すぐさま完成した墓を満足げに見渡した。

案の定、その墓の世話は大変だった。赤土が肥えていたため雑草がはびこり、三ヶ月に一度は草むしりに来なくてはならなかった。もし雪の積もる冬という季節の訪れがなかったならば、一年中草刈りに追われていただろう。そして予想通り虫たちの格好の活躍の場となって、赤土の所々に大きな巣穴が穿たれた。

歳月が過ぎ行くうちに、雨や風雪、それに虫の活動のせいで、ある年の盆に地蔵がそれとわかるほどに傾いているのが見て取れた。

それは東京の大学を出て在京の出版社に就職していた私が、久しぶりに帰省したときの夏に、母とふたりで墓参りに出かけた際、気のついたことだった。

母に確かめるように言うと、母ももちろん察知していたらしく、土だと地盤が弱いものね、と嘆息した。母は五十代半ばで、喫茶店の経営を他人《ひと》に任せて静かに暮らしていた。

私は地蔵を押してみたが、ぴくりとも動かなかった。仕方ないなと思って、掌を合わせてからその場を辞した。

しかし母にはこだわりが尾を引いていたようで、東京に電話をかけてくるたびに傾きのことを訴えた。

母の言い分は、このままの状態にしておくと地蔵が倒れてしまうのはもちろんのこと、秋葉の家も立ち行かなくなるのではないか、というものだった。たぶん地蔵は目に見えない割で傾斜しつづけていたと思われ、母に言わせると、それが家の衰退に伴っている感じがして恐いという。

黙って母の話を聞き終えて受話器を置いたが、そのあと、少し変だぞ、と思い当たって、こちらからかけ直した。

「母さん、今、家が傾きつつある、と言ったね。それ、どういうこと。喫茶店の経営がうまくいっていないの」

受話器の許で母が言葉につまっていた。私にすれば、母は経済的に安定した状態でゆったりと生活していると思っていたので、札幌に帰郷しても母の周辺に生活の綻びには気づかなかった。母は、どうしてそんなことを訊くのだ、と逆に問い返してきた。私は、墓と重ね合わせたさきほどのものの言い方に腑に落ちない点が残った、と応えた。地蔵が傾いたから今後家運が心配だというのなら納得もできようが、ふたつが同時進行しているとひそかに危惧している母の心根に、母が私に何かを隠しているのではないかと思われた。

「相変わらず勘のいい子だね」

しんみりした口調で母が言い、地蔵を修復してくれるなら話してもいい、と付け加えた。すでに母の手許には修理に要する費用の貯えがないにちがいない。なるほど、もし金銭の都合がつくなら、東京の私にわざわざ電話をかけてくることなどなく、一存で修繕してしまうのが本来の母の姿だろう。私に相談することじたい尋常のことではなかったのだ。

ひとつの提案をした。

「今すぐには直せないけど、必ず元通りにする。だけど赤土のままにしておくと手入れに手間がかかるから、コンクリート敷きにすること。これが条件だよ」

すると母は意外にも受け容れた。その素直さに少し薄気味悪くなって、いったいどうしたの、と語気を強めた。

「ひと言では話し切れない」

二の句を継げず、絶句している。沈黙が流れるだけなので、とりあえず電話を切った。これは聞き出すのに時間がかかりそうだ。意地張りの母だからそう簡単には告白することはなかろう。しかしおそらく五十万円近くの修繕費用がかかると思われる工事をするのだから、私も知るべきことは知る必要があったし、知りたくもあった。

折をみて電話をかけ、世間話をしながら母の方からしぜんに切り出してくるような雰囲気をつくり上げることにした。母としてもすべてを語り尽くしたわけではないだろうが、あるときこれですっかり喋ってしまおう、と自身に決着をつけるように吐露した。

――夫が死んで嬉しいと思う女房など考えられなかったけれど、いざ健《たけし》さんに先立たれてみると、これで思い切り好きなことができる、と感じた。というのも、活動の源となる現金を遺産として残してくれたからね。でもこれは結局、遺産に、つまり健さんの力に頼ったことを意味していて、自力ではなかったんだ、とあとで悟ったけれど。だから根本的に甘かったのよ。それがすべての失敗の引き金になった。

――おまえには喫茶店を買い取ったことしか話をしていないけれど、アパートも一棟購入して、新しいマンション風のも一棟建てたんだ。親戚たちが、餌に群がるはえのようにやってきては金をせびっていった。全く会ったこともない、遠い親戚とかいう人も来たよ。みんなお世辞を言って、媚びてきて勝手なものさ。おまえが学校に出かけているときのことだよ。夕方には潮が引くように帰ってしまっていたからね。

――一度に大金を手にすると気持が大きくなるかどうか知らないけれど、母さんは実に気前がよかった。にこにこ顔で貸したよ。それは、アパート都合二棟と喫茶店一軒を所有していた安心感に支えられていたからだろうね。でも、半年ほどして、喫茶店が書類上、母さんのものになっていなかったと判明するや、ひんやりしたものが背筋を走ったわ。

――母さんは確かに経営を任されたと聞いたはずなんだけど、管理を一任されたにすぎなかったんだ。雇われマダム風情だったわけだよ。経営にせよ管理にせよ、オーナーとは違うってことを、母さんは判断できなかったんだね。投資したお金は他人に使われてしまっていたわけさ。

——騙された、というよりも、書類にまで考えが及ばなかった母さんが迂闊だったということになる。悔いてもあとの祭りさ。万事がこんな調子でね、二棟のアパートもいろいろあって、五年も経たないうちに人手に渡ってしまった。新築したあの家だけはなんとか手許に留めることができたんだよ。

——暮らしの方は、おまえを東京の大学に上げるところまではなんとかやっていけたんだけど、そのあとは大変だった。母さん内緒で働きに出ていたんだ。昼間はラヴホテルの清掃。夕方からは日本料理店の仲居。仕送りをしなくてはならなかったからね。夏休みや正月でおまえが帰ってくるときには、勘づかれまいと思って、ずいぶん苦労したよ。

——おまえの就職を機に、喫茶店を人に任せたと言い繕うことにして、家も独り暮らしには大きすぎるとごまかして、安アパートに引っ越したわけさ。家はとうに抵当に入っていたからね。安アパートから仕事に通いつづけたのよ。

——だから地蔵が傾いているのに気がついたときは、ああ、やっぱり、と思った。これは運命なんだ、宿命でさえあるんだと感じて、目の前が真暗になった。早いところ、修理してもらわなければ、次は自分の身が心配だよ。お願いします。よろしく頼みます。

私は言葉に窮した。そうだったのか。小学校四年生で父を亡くし母が遺産を相続し、私が二十二歳で就職するまでの約十二年間の、私にとっては寝耳に水の出来事だった。気づかなかった私も鈍いのひと言に尽きるが、母の芝居も見事だった。

母は息子である私の相続分は、私の大学入学費用に当てたから心配するな、と申し訳程度に付け足していた。とりあえず信ずることにしたが、過ぎ去ったことは何とでも言い逃れができるのだ。

こんなにまでしてなぜ母が私に仮面をかぶりつづけたのか。それが不明でもあり、悲しくもあった。かといって母への信頼が揺らいだわけではなく、かえって支える対象として浮かび上がった。

それはともあれ、子である私の生活を守ろうとしてくれたことであり、感謝してもし切れないことだった。

条件など付けたことに多少の後悔を覚えながらも、私は墓の修復の連絡を札幌の業者と取り合い、見積りをこしらえてもらって、ローンを組んで成し遂げた。

これが今から二十年前の、私が三十歳で母が五十六歳のときのことだ。墓にまつわる物語は二十年にも及んで、やっと一件落着した。

母が自分で決めて入居した安アパートは美園《みその》方面にあった。それまで住んでいた持ち家が、市内でも指折りの住宅地である西線《にっせん》地区だったことに較べると、美園はススキノに通う女性たちが多く暮らす地域だった。そういうことを気にする母にしてみれば、その気位の高さから察して、ずいぶんと不満だったと思うが、ラヴホテルの清掃などもせざるを得なかったというから、もう開き直っていたのかもしれない。

四十半ばでパートの仕事に出るのに、わざわざラヴホテルで働くこともなかったろうが、水商売好きの母にはこうした部類にしか捜す目が届かなかったのにちがいない。昭和初め生まれの母の学歴は息子の私にも判然としない。尋常小学校のときから、学校の勉強よりも三味線や踊りといったお稽古事の方が愉しかったらしい。というのも母の実家が置屋を営んでいたせいもあろう。祖母にとって女は芸が第一だった。

半玉で出ているところを、当時海軍の青年将校だった父に見初められ、結婚に至った。母は不意な出会いだったと父の死後に話してくれたが、あるときぽつりと、でも一度でいいから恋愛をしてみたかったし、今もその気持に変わりはない、と妙にぬめぬめした視線で呟いたものだ。

未亡人となって客商売関係の事業欲に駆り立てられる一方で、恋のひとつも想い描いたのではなかったか。

美園にあるその静音荘《しずね》という二階建てのアパートの、外階段を上がって外廊をコの字型に歩いた突き当たりが母の部屋だった。お義理にも玄関とは呼びがたい入口を入ると、すぐ流しとガス台があって、そこが六畳の板間、そして水洗のトイレがあり、畳四枚半の小部屋が板間にL字の格好でついていた。風呂はなく、洗濯機を置く余地もなかった。

秋から春先にかけては、板間の中央にポット式の灯油ストーブが置かれ、黒々とした煙突が天井に、目一杯接近した状態で室内を巡っていた。

ひと月一万五千円の家賃。安普請のため隙間風がひっきりなしに忍び込んできた。その風に身をさらしながら母は手洗いで洗濯をし、好きなコーヒーを喫みながら煙草をふかした。ストーブの熱だけでは不充分な暖を、着ぶくれしてなんとか補った。

バラックのようなこのアパートを、私は好きだった。社会に出てからの私の帰省先となったわけだが、間数にしては窓の占める割の高い、陽当たりの面では上等といっていい角部屋の中で腰を下ろすと心がなごんだ。夏は隙間風に涼を感じながら存分に日光浴している気分になれたし、冬は冬で、ストーブのぬくもりに陽光が幾筋もの力をさらに与えている感じが萌《きざ》して、熱線にこちよく縛られている心持だった。

私が結婚して所帯を持つに及びさらに子供も生まれると、帰郷しても母の許に泊まることはなくなり、訪れるだけとなった。こうなるとにわかにアパートが貧弱に見えてきて、母の生活が随分とみじめなものに思えた。それは皹《あかぎれ》をつくりながら手洗いをつづける母の、腰を前かがみにした後ろ姿を、妻の向こう側にふと垣間見たときに芽吹いた。私たちは洗濯の最中にやってきたようで、母はやり終えてしまおうと、私たちを放って流しに立った。

すぐに妻と向き合い直した私だったが、気を滅入らせるような、重石に似たものがからだの芯に向かって落ちていった。母が急にいとおしく思え、後ろ姿の残像を噛みしめるように、なんとかして洗濯機の置ける所に住めないものか、と転居先についての算段をはじめていた。しかし金額のかさむ問題でもあり、墓の修復も行なっていたから、当分は無理に思われた。

還暦を迎えた母に何もしてあげられず、四年前に完成をみた墓がプレゼントだったとみなしていた私の許に、ある日母から電話がかかってきた。

「札幌はとうに涼しくなったけど、東京の九月って、まだ暑いんだろう」

月並な言葉を並べたあと、

「ところで母さん、老人ホームに移ろうと思ってね。それでおまえの考えを聞かせてほしいんだよ」

「老人ホーム?」

「そうだよ。このアパートももういいと思ってね」

「また急なことに」

言葉を濁しながら、これまで母に老人ホームへの入居を勧めたことがあったかどうか思い起こしてみたが、そうした記憶はなかった。

「何か不都合でもあったの。独りで暮らすつもりだと言ってたのに」

「いやね、仲間がいた方がいいと思ってね。この歳になると、やっぱりさみしいよ」

母の話は理屈にかなっていたが、もともと老人ホームのような所は毛嫌いしていたのではなかったか。身寄りのない、行き場を失った老人が集う墓場にも等しい場所、というのが母の持論だったはずだ。

私は母に市が主催する市民文化講座のようなものに顔を出してみたらどうかとか、若い頃習い覚えた三味線や日本舞踊を再開してみてはどうかとか、いろいろな習い事を促してきた。母はそうだね、三味線もいいねえ、と応えながらも、何もやろうとはしなかった。もちろん昼と夕方、仕事に出ているのだから時間的に無理かもしれなかった。それで私は夕方の仲居の仕事分くらいは小遣いとして送金すると申し出て、昼間だけ働くように調整した。またどういう具合になっているのかよくわからないのだが、軍人であった父の恩給が忘れた頃に下りはじめ、さらに母自身の年金も支給されるようになって、ふたつ合わせてひと月八万にのぼった。私は母を説いて昼間の仕事も辞めて趣味に生きるよう助言したが、仕事があるとからだを動かしていられるから、と頑として反対した。

しかしこれほどまでに仕事に執着を持っている母なのに、老人ホーム行きを望んでいることは、仕事を棄てることを意味した。

「じゃ、仕事は辞めるんだね」

「そういうことになるかね。老人ホームから出勤って、聞いたことないもの」

「一体、どうしたっていうの。心境の変化なの、それだけが理由？」

私は不思議で仕方なかった。あまりにも唐突すぎた。

「今日は一応連絡だけのつもりでかけたんだ。また日を改めて詳しく話すよ」

こうして電話は切れた。

やはり不可解な内容であり決心に思われた。妻も首を傾げ、この際札幌に飛んで様子を見てきたら、と提案した。それもひとつの手でしかも一番手っ取り早い方法だ。私は仕事のスケジュールとカレンダーを睨み合わせた。

当時私は世界美術全集の編集に携っていて、毎月一冊の刊行が義務づけられており、なかなか暇が作れなかった。

そうしたある日、十月半ば頃だったと記憶しているが、田原泰政《たはらやすまさ》という未知の方から一通の手紙が私宛に届けられた。

拝啓

突然ではじめてのお手紙、お許し下さい。御母堂よりすでにお聞き及びのこととは存じますが、このたび御母堂と一緒に暮らすことになりました田原泰政と申す者でございます。老人ホームには幸いにして、夫婦用の個室があり、私どもは戸籍上は夫婦ではありませんが、共に生活をするということで許可を取りました。

本来ならば拝眉の上、ご挨拶申し上げるべきところでございますが、遠方のこともあり書面にてご寛恕下さいませ。

若い人たちのように、御母堂を仕合わせにします、などといった景気のよいことはおこがましくて申せませんが、縁あってこういった仕儀に至ったことを、お知らせする次第でございます。

札幌にお出のときはお目にかかれるだろうこと、そのときを今から愉しみに致しております。それでは今後ともよろしくお願い申し上げます。

敬具

読み終えて、しばらく声が出なかった。落ち着け、とみずからに呟いて、思考回路を正常に戻すよう努めた。

結婚ではなさそうだが、母に好きな男性ができて、その人の住む老人ホームに引っ越そうというのだ。田原と名乗るその男性は、母がとうにふたりのことを私に伝えてあると思い込んで、挨拶状を送ってよこした。例の電話から一ヶ月半経っているが、その後、母から何も連絡は来ていない。母にしてみればなかなか言い出しにくかったのだろう。

私は妻を呼び、

「母さん、ついに、恋をしたぞ」

妻は目を丸くし、私の口許には微笑がこぼれた。手紙の内容をざっと話してから、これは慶事だ、と叫んだ。妻は手紙を食い入るように読んだ。

「信じられないけど、ほんとうみたいね。お義母さん、恥ずかしかったんじゃないかしら」

「だろうな。言い出せなかったんだな」

「気持わかるわ」

妻は手紙を封筒に納めて、遠くを見つめるように語尾を引き伸ばした。

「これは、できるだけ早く札幌に行ってこなくちゃならないな」

「そうね、私もついていこうかしら。どんな方かしらね、その田原っていう方」

「ああ。……それにしても、老人ホームで暮らしている老人と、どうやって知り合ったのかなあ」

私の問いに、恋愛小説のファンである妻は、そこがポイントね、あたし胸がわくわくするわ、と頭に人指し指を当てた。

次の日の夜、私はさっそく母に電話をかけて手紙が来たことを告げた。

母は、バレてしまったわね、と舌を出しているのが見て取れる口吻で、そうなの、実にそうなのよ、と強い口調に変わった。

「ね、いいでしょう。田原さん、とってもいい方なの。覚えてない、お墓を鑑定して下さった方よ」

「……あの人、田原っていったっけ」

「そうよ」

「僕は結局会ったことはなかったけど、そういえば、田原って名だったな。……その田原さんとまたどうして」

「うん、それがね」

母は次のように語った。

昨年の盆に修復して何年か経つ墓に墓参りに出かけた折、ふと地面を赤土からコンクリートに換えたことが気になって、田原に相談してみようと思い電話をかけた。すると家は他人の手に渡っていて、その人から田原が老人ホームにいることを聞いた。それでホームに連絡を取って、墓を見てもらうことになった。

　墓で落ち合う約束をし、鑑定してもらった。母は傾いた一件も話した。田原は墓の周辺を見て回りながら、ひと言、大丈夫ですよ、奥さん、ときっぱり言って、秋葉家のこれからは波風の立たない平穏な日々がつづくであろう、と太鼓判を押した。

　母は、ほんとにほんとうですか、と訝しげに問い返した。信用なさらないのですか、と多少むっとする田原に、母は赤土のときのわが家の経済的破綻について説明した。田原はそうだったのですか、人の運命とはわからないものですなあ、と嘯《うそぶ》いた。母は冗談じゃないですよ、と睨みつけたが、田原は弘法も筆の誤りでしたと妙に深刻ぶらずに、軽く受け流した。肩すかしを食らった母は、そのおかげか、かえって気が楽になって、いろいろ苦労しましたよ、と苦笑した。

　ふたりは目を合わせて微笑みあった。母は何か心やすらぐものを覚えた。

　それからふたりはたびたび会うようになって、田原が美園のアパートに足を運びはじめた。

「じゃ、いわゆるいい仲なんだ」

「いやな言い方しないでほしいわ。そんな不潔な間柄じゃないわ」

「いいからいいから。老いらくの恋ってところだね」

「許してくれるだろう」

「許すも許さないもないよ。大賛成さ。式とまではいかなくても、食事会でもしよう。年内に札幌に、なんとか出向くよ。佳代子《かよこ》も、そうだ今度はめでたいから淳一も連れて三人で行くから」

「ありがとう。そう言ってくれると助かるわ、母さん。淳一の顔を見るのが愉しみだわ」

引っ越しの話になり、田原の経済状態も聞いて、安心して電話を切った。

私は入浴して、上がって缶ビールを傾けていた。妻も風呂から出て、ビールを呑みながらしんみり呟いた。

「勉《つとむ》さん、ほっとしたでしょう」

私はつと妻の目を覗き込んだ。半ばいじわるそうに輝いている。

「ああ。よかったよ、肩の荷が降りた」

「私も万々歳だわ」

「はっきり言うなあ」

「私、お義母さんと合わないもの。いっしょに暮らせないわ。そのつもりもなかったけど……」

「実は、おれも同じ気持だったんだ。離れているから、親孝行っていう気になって、いろいろしてあげられる。孝行ごっこ、っていう感じさえするときもあった」

「それって、本心なら、残酷。自分の親なのに」

「べつにいい子ぶっていたわけじゃないけどな。絹江《きぬえ》さんって女《ひと》は芯がきついから……。さあ乾杯しよう。老いた恋人同士の仕合わせのために」

ふたりは缶を高々と掲げた。

その年のうちには結局行けなくて、一家三人は、年明けて雪まつりの頃に札幌に発った。私と妻はともに遠足の前の晩の小学生のような心持で、落ち着かなかった。

食事会は、私たちが宿をとったホテル内の寿司店で開かれた。五人だけのほんとうにささやかな会だ。田原には身寄りがなかった。

田原は禿頭で丸頭。ウイスキー焼けか、鼻の頭が赤かった。銀縁の眼鏡をかけて温厚な中にも目に知的な輝きがあった。母はこういう男が好みなのか、と墓相鑑定士などというまやかし的な職業からもっと灰汁《あく》が強くてじじくさいイメージを抱いていた私は、舌を巻いた。しかし理知的な印象で相手を安心させて、諄々《じゅんじゅん》とさとしていく様は容易に想像できた。

私たちは型通りの挨拶を交わして、料理の運ばれてくるまでビールで喉を潤した。何を話していいのか見当がつかないまま、かといって気詰まりな雰囲気でもなく、私は久しぶりに会う、幸福をやっと手にした母に目を細めた。

「母は毎日、どんなんですか」

田原にビールをつぎながら問うと、

「よく気のつく方ですわ。ホームの中でもみんなとうまくやってくれていて、助かります。私もこんなことになるとは夢にも思っていなかったんです。ホームに入ると決めたときは、やはり暗澹たる気持でした。墓相鑑定士なのに自分の墓に入ってくれる人を得ずしてこの世を去らねばならぬのかと残念でした。赤字を刻むことで、生前に墓を造ることもできるのですが、そうすると早くに死ぬんです。こんな私でも長生きはしたいですから」

「母は六十を前にして、はじめて恋をしたんです。こちらとしても嬉しかったです」

「絹江さんには女学生のようなところがあって……」

田原の言葉に、母が、やめて下さい、と制して頬を紅潮させた。それは文字通り、女学生の初々しさだった。

この男の意見に従って地蔵と赤土の墓を造り、財産を無くすことになったのに、母の中にはそうした恨みはいっさい痕跡をとどめていないようだ。おそらく母は墓相はあくまで気持を和ませる装置のようなものであって、自分の仕事の上でのふがいなさを認めていたのだろう。

ふたりに会うまで私は田原にひとくさり言ってやるつもりだった。しかし今ふたりの平穏無事な表情を目の当たりにして、その意気込みは萎えた。

料理が運ばれてくるとしだいに打ち解けて、母は淳一を膝に載せ、ご機嫌だった。私は老人ホームを見てみたいし、東京にも遊びに来てほしい、と誘った。

母の息子であることはまぎれもない事実だが、私は自分が母離れを遂げ、母を完全のひとりの女性として見ていることにあたり前のように気づいた。

十歳のときに父を亡くした私は、今の自分とほとんど年齢の違わない三十代中盤の母と暮らしていたことになる。当時は母を母としてしか見つめず、それ以外の女性としての母など考えも及ばなかった。ひょっとしたら母にどこかの男性との話があったかもしれなかった。それに気がつかなかったか、感づいても無関心な態度をとったのではなかったか。

こんなことを覚えている。

何日かつづけてほとんど毎晩、母が酒気を帯びて帰ってきたことがあった。普段酒など口にする母ではなかったが、とても上気嫌で、玄関口まで誰かに送ってもらったようでもあった。他人《ひと》の話し声が高まって聞こえ、扉が閉まり、ただいま、と鼻歌まじりの母がほろ酔い加減で現われた。

いつもと違う母に驚くというよりも嫌悪と恐怖を感じた。母の背後に父とは異なる男の臭いを意識して怯える自分だった。母が取られる、どこかへ行ってしまう、という予感が走った。

母を守らねばならぬひとり息子だった。動揺を見せてはならなかった。ぐっとこらえて、今の自分には信じられぬが、静かな口吻で、お帰りなさい、と言った。心中気が気でない心持の自分を裡に秘めて、ガラスの板で蓋をした。

「まだ起きてたの。お水一杯くれる。もう寝なさいよ」

猫のような声で喋る和服の母の襟もとは多少とも開《はだ》けていた。柳の枝に似た形にからだをしならせて、母は私の差し出す水を一気に呷《あお》った。顎が上がり首筋まで赤く染まっていた。

嫌だ嫌だと思いながらも、妙に母が艶《つや》っぽく映ったのも嘘ではない。母がコップをテーブルに置くと同時に席を立った。母は私が床に就いてからもしばらく起きていた。風呂につかったかもしれなかったが、不安ながらも母が隣室にいるということでほっとしていた。

たったこれだけの記憶で確証的な事実を掴めるわけもないが、あでやかで怪しげな母がそこにはいた。あれから二十余年は過ぎている。

母は老いたとは言えないまでも歳を取り、年齢とは無縁と呼ばれる恋をして成就させて目の前にいる。これでふたりで老後を全うしてくれればそれに越したことはない。添い遂げるという古めかしい文句にすがりつくようにしている自分、そして妻がいた。

翌日は旭《あさひ》ケ《が》丘《おか》にある老人ホームを訪ねた。

玄関が広く、採光も充分に考えられた設計で、地獄行きのイメージは払拭された。フローリングの幅広の廊下も暖房が行き届いていた。一階の奥に大食堂があり、その前に配膳車が置かれてあった。

田原と母の部屋は三階で、私たちはエレベーターで上がった。六畳のその和室は北東方向に大きな出窓があって、札幌市の南半分が望めた。

「いい眺めですね」

佳代子は感激したようだ。

部屋は片づけられていて、テレビと二棹の簞笥、座卓、それに鏡台と本棚が並べられていた。入口の横に小さな流しがついていた。そこで簡単な食事をつくることもあるのだろう。

「きちんとした部屋なので安心したよ」

私は鏡台の傍らにある中型の本棚に立てかけられてある本の背表紙に目を走らせながら感想を述べた。

「気楽でね。食事もついているし。母さん、腑抜けになっちまいそうさ」

母はお茶を淹れる手を止めて笑った。

「絹江さん、毎日ちゃんと掃除をしてくれます」

田原が湯呑み茶碗を並べながら母を誉めた。

私たちは雪に被われた市街地を眺めながら緑茶を味わった。これで大丈夫だ、と安堵している自分がいた。田原さんあなたに母を任せます、よろしくお願いします。私はそういう気持で湯呑みを茶托にそっと載せた。


六十歳のとき母は田原と同居して、その後六年ほどは波乱もなく暮らしていた。しかし田原が七十五歳になった頃から田原自身がおかしくなり出して、母は戸惑いながら暮らさざるを得なくなった。

　はじめのうちは男は歳をとっても男なのだと母は高を括っていた。ホームのべつの女性に手をつけ出したのだ。母が部屋にいるのに連れてくることもあった。かといって母をないがしろにするのでなく、三人で仲良く話に興じようという田原なりの配慮が見られた。しかし母がちょっと部屋を空けているすきに連れ込むこともあって、田原がその女の上に覆いかぶさっている姿も珍しくなかった。それも服を着たままの状態で、母はどう捉えていいか困惑した。

　小言をぶつけても暖簾に腕押しで、手応えはなかった。この人ボケてきたんだわ、と母は理解し、迷惑はかけているが性的に危害は加えていないようなので静観していた。

　ところがある日、下半身を露出させて女性を追い回している田原が職員に見つかってひと騒動持ち上がった。あろうことか陽物は硬直していて、赤黒く突き出た犬の鼻に似ていた。田原は取り押さえられた。息も荒く獲物をねらう獣の眼差しをしていた。知的な風貌は見る影もなかった。田原は医師の診断を受けたが、肉体的には血圧が高いほか異状は見られなかった。ホームでは田原の処遇に困り果てたが、母とて妙案が浮かぶわけではなかった。ともかく様子をうかがうことにして、鎮静剤が用意された。

　だが露出症はやまず、ある日とうとう全裸で追いかけまわして、立ち止まるや床にうっ伏した。

岩がころがった音がして、みなが集まった。
田原は動かなかった。すぐに病院に運ばれたが、すでに脳溢血でこと切れていた。

葬儀には私も出席した。六年間でも母と連れ添ったのだから、籍は同じでなくても、義父に当たる。喪主には母がなった。母は終始表情を強ばらせていた。死に方が死に方だから仕方がないかもしれないと勝手に思いみなして、私も口数少なく、なるべく母の邪魔にならぬよう振舞った。通夜も出棺も老人ホームの中にあるコミュニティ・ホールが使われた。普段は映画が上映されたり、ボランティアの人たちによる演劇会が催される集会場だ。

無表情ながらも母は気丈夫に弔問者に応対していた。私は実の父の葬儀の日のことを思い起こした。東本願寺の別館を借りて行なわれた。本堂にするか別館にするかで多少もめたみたいだが、社会的にもう職業軍人でないという理由で、ひっそりとした場が選ばれた。

父は敗戦で退役したあとは、貸しビル業を営んでいた実家を継いで、傍目には自適の生活を送っていた。貸借関係の細々した仕事はみな母が引き受けさせられた。こんなことからも、もともと商売欲のあった母は事務仕事に興味を覚えて、ありもしない商才を過信するようになったのだろう。父が生きている間は、父の存在じたいが母の欲求の歯止めとなった。物事にそれほど拘泥する父でなく、母としても操縦しやすかったと思うが、居間で構えた父にはどこか威圧感があった。母は出すぎた真似はしなかった。

その父の葬儀を、母は今回と同じく、謹厳居士《きんげんこじ》の出で立ちで、ときに如才なくときに令夫人の威風を漂わせて、取り仕切った。三十代半ばの、今振り返れば女盛りの母は葬儀の主役として艶っぽく目立っていた。冬場だったせいもあって、弔問客に手短かに応える喪服の母の口から息がしろじろともれていた。

義父の葬式がひと通り済んで、翌朝の飛行機で東京に戻ろうとする私を、夜分母はホテルに訪ねてきた。

母はシングルの部屋に用意された略式の応接セットの簡易ソファに腰を下ろすや、

「やれやれ、これでせいせいしたよ」

「お疲れさまでしたねえ」

「なに、葬儀のことはいいんだよ。式なんてもんは型通りにやっていれば済んじまうんだから」

私はにわかに表情が豊かになった、六十六歳の皺の深く刻まれた顔を見つめた。赤い紅の塗られた唇を丸く突き出している。

「……何かあったの」

「どうもこうも、やっとひとりになれたよ」

「晩年、たいへんだったもんね」

「ありゃまだいいのさ。おちんちん出して、可愛いいもんさ」

私は身を乗り出した。肚の中の鬱憤を母はこれから晴らそうとしているのだ。

「いっしょに暮らしてみてはじめてわかるっていうことがあるだろう。田原は酒乱だったんだよ」

最初に対面したとき、鼻の先が赤く腫れたようになっていて、それをウイスキー焼けと解釈したのを思い出した。

「でもホームの中じゃ、飲酒は禁じられているんじゃないの」

「一応そうはなっているけど、みんな要領よくやってるよ。田原はね、ホームではやらないで外で呑んでくる方でね」

そのたびに母に金をせがんだ。同居の前の話とは異なって田原には金銭の貯えはなかった。ホームに入っても毎月八万円相当の金が手許に届く母だった。

田原は呑み屋に行く前に、必ずパチンコをするらしく、景品を持ってくることもあったという。しかし大半は負けてしまい、それに要した金も母から出ていて、しかも大変な金額にのぼった。

午後早くにホームをあとにして、夕方遅くに帰ってきた。酔っており、誰彼となくあたりちらし、暴力沙汰になることもあった。腕力のある職員が力づくで抑えつけた。田原に力はなくおまけに泥酔しているので、軽々と抱きかかえられて、母の許に連れてこられた。そのたびに頭を下げねばならなかった。母に手を上げることも少なからずあった。クソばばあ、と罵った。

「お酒が入らなければ、もの静かな人なのに。午前中は碁を囲んでいたのに」

田原の中に狂気が隠れ住んでいるのを認めながらも、

「母さん、カモにされたね。金めあてだったんだ」

「気づいたときは遅かったさ」

黙りこくる母に視線を残しながら、私は冷蔵庫から缶ビールを出して母の前に置いた。母が酒を呑まないのは知っていたけれど、私はそうしないわけにはいかなかった。

母は缶を見つめ、やがて片手で握り、力を入れた。

「勉、くやしいよ、母さん。でもね、酒乱はともかくとして、パチンコで金をすってくるのには慣れていたから」

「どういうこと」

「亡くなった父さんさ」

「おやじが」

「そう、あの人もパチンコが好きで、しょっちゅう遊びに行ってた。おまえもずいぶん連れていってもらったんだよ」

「覚えてないな。居間にいるおやじしか記憶にないよ」

十歳のときに死去した父親の影を追ってみたが、パチンコにうつつを抜かす姿はみじんもよぎらなかった。母の話が本当だとすると、軍から身を退いたあと、四十代前半で世を去るまで父の生活はパチンコ一色ということになる。まさかそんなこともないだろうが、墓を建てることを本願として、そのほかは腑甲斐ない晩年を送った父の像が透けて見えてくる。母は自分がしっかりしなくては、とおのずと自覚していったにちがいない。

「母さん、大変だったね」

そして、男運がなかったね、と心の中で呟いた。

「まあねえ、仕方がないねえ、今となっちゃ……それで、実は相談があるんだよ」

母は缶ビールを私の方に押しやって居住まいを正した。

「母さん、ホームを出ようと思うんだ」

「また安アパートに戻るつもり」

「おまえはそれがいいと思うかい」

一瞬回答につまった。洗濯物を手洗いしている母の後ろ姿が蘇ってきた。

母にホームにこれ以上留まる気も理由もないことは察知していた。田原の遺骨はホームの関係している寺が預かることになっていた。

「母さん、いくつになった」

「もうじき七十だよ」

「もうどこも使ってくれないな」

「まだ働くのかい」

「いや、そういうことじゃないんだ」

言い淀みながら、視線を宙に漂わせた。とうとうオレの出番となったか。こりゃ金がかかるな。

妻の苦り切った顔が思い浮かんだ。

「母さん、何でやすやすと田原に金を渡したんだ」

少し語気を強めて、金を無くしてしまった母に詰め寄った。

母はにわかに目を剝いたが、すぐに鼻白んだ顔つきになった。

「独りになりたくなかったんだよ」

「……」

溜息がもれた。言葉を私は失っていた。

しばらく沈黙がつづいた。

私は腕時計を見て、十時をまわっていることを知った。

「賃貸でいいなら、どこかちゃんとしたマンションを借りよう」

「そうかい、そうしてくれるかい」

母の声は涼やかに弾んだ。

東京に戻った私は、さっそく札幌で不動産関係の仕事に就いている中学時代の友人の杉本に電話を入れて、物件捜しを頼んだ。

二DKか二LDKくらいの広さで、私たちが帰郷した際にも泊れる程度の部屋がよかった。家賃の相場はだいたい東京の三分の二の値段と踏んで間違いないだろう。一ヶ月七万から八万で済むのではないか。母の年金から家賃は出るとして、五万円ほど小遣いを仕送らなくてはならないだろう。それくらいならなんとか都合はついた。子供も大きくなっていて、佳代子もパートで働きに出ていた。

杉本には、地下鉄沿線ならどこでもよいが、できれば南北線沿線が希望だ、と言った。真駒内《まこまない》か平岸《ひらぎし》あたりに住んでほしかった。私の子供の頃から培われた、そこら辺を高級住宅地とするイメージが強く働いていた。交通の便も、札幌駅へ一本で行けた。

物件はファクスでつぎつぎと送られてきた。私と妻はセカンド・ハウスを見つける気分で図面と条件に目を釘づけにした。

「お義母さんの住むところも大切だけど、わが家もそろそろ引っ越したいわね」

「それって、皮肉か」

「そう聞こえるかしら」

図面から目を離して目をこすっている妻を見た。気持はわかっていた。母親どころではないのだ。四十代に入った私も意を決して一軒構えるべきだった。

「だいたいあなたはお義母さんに甘すぎるわ。ホームで充分なのよ。私の親には何もしてくれないくせして」

「おいおい。そう責めるなよ」

「いえ、言わしてもらうわ」

仕方なく顔を上げた私に、妻は喋り出した。私は耳を傾けるしかなかった。

妻は最後は半べそをかきながら、それでも努めて明るく、私たちが二、三年のうちに郊外に新築する夢を語って、口を閉じた。妻の話はお伽噺めいていたが、私の希望とも深い部分でつながっているところもあって、私も知らぬ間に、新居で暮らす自分たち家族を思い描いていた。ただし母は呼ばないという条件つきではあったが。

「たとえ部屋をこしらえて招いても、七十を前にした人が今さら余所《よそ》に移ってくるとは思えない。安心していいよ。それだからこそ、なおさら今回、きちんとした部屋を見つけてあげなきゃ」

私なりにうまい持っていき方だと納得しながらも、いぜんとして妻は得心がいかぬようだった。

妻はついに、母に仕送る五万円が自分のパート代からの出費となるのは目に見えているので、それを望むのなら、新築の約束をせよ、と迫った。

これには私もお手上げだった。妻の給与をあてにしていたのは事実だった。これまでのツケが一度にまわってきた勘定だ。

私もそうしようと考えていたことだから約束に異議はなかったが、こういう経緯では好かなかった。

しかし結局、言質を取られる格好で、母のマンションが見つかりしだい、東京で土地捜しをすることを承諾させられた。

木の葉が散ってしまう前に決めてしまおうと、数十件の中から二、三件に絞って、私は札幌に飛んだ。

すでに母は杉本に同行してもらって、それらの物件を見て廻っており、おおよその希望は聞かされていた。母は澄川《すみかわ》の十階建てのマンションの五階の部屋が気に入っていた。二LDKで浴室も脱衣所もついていて、洗濯機を置けるスペースも確保されていた。窓は西向きだったが、藻岩山が望め、それがよかったらしかった。

眺望できるのはスキー場の斜面だが、その裏手に秋葉家の墓のある墓地があるからなのだろう。

私はさっそく杉本と地下鉄澄川駅で待ち合わせて、そのマンションに向かった。母には声をかけなかった。すっかり額の禿げ上がった杉本は、しっかりしたお母さんだよ、と誉めているのかけなしているのかよくわからない言い方をして、苦笑いした。私はなんとなく察しがついて、気丈夫な親なんだ、と応えた。

部屋は思ったより住みやすそうだった。廊下も手頃な幅と長さだし、風呂場も脱衣所も広めに造られてあった。暖房はガスで、これなら灯油を注文して運んでくる手間もはぶけると思われ、ほっとした。灯油缶は大人の男でも腕がしびれるほどの重さだった。

薄よごれた窓を開けるとテラスで、そこから母の話通り藻岩山が望めた。雲がかかっているためか、緑が暗く染まっていた。

「お袋はここがいいと言ったんだな」

「ああ。山を見て、ここにしたいわ、とおっしゃってたよ」

「そうか。それなら決まりだ。ま、その前にお袋を連れてもう一度来てみることにするとしよう。杉本も付き合ってくれ」

杉本は気軽に承知してくれて、私たちは彼の車でホームまで母を迎えに行き、連れてきた。

今度は三人でもう一度部屋に入り、最終的に母の判断を確かめた。

「ちょっと押し入れが狭いのが玉に瑕だけど、年寄りには過ぎたくらいよ。ここでお願いします」

母は頭を下げた。話は決まった。私はさっそく手金と契約書を取り交わすために杉本の事務所に向かうことにした。

三人でエレベーターに乗った。そのときふと、母がここで死を迎えることになるだろう、と思った。葬儀の情景が想像された。棺を運び出そうとしている自分の姿が目に浮かんだ。

母を見つめ、エレベーターの中に穿《うが》たれて蓋をされている方形の穴について尋ねた。母は私の応えを聞くと、あっそう、とぶっきらぼうに言い棄ててそっぽを向いた。

母と別れたあと杉本が、残酷すぎるぞ、と私をたしなめた。私は外国人のするように首を引っ込めて両肩を持ち上げた。

翌日、三日後には引っ越しをすませたいと言う母といっしょに、買い物に出た。食器棚、食卓テーブル、椅子、冷蔵庫、テレビ、そしてドライヤーに至るまで買い揃えた。ホームへの入居が決まった時点で、安アパートにあったそういった製品はみな売り払ってしまっていた。母はうきうきして品を選んだ。

マンションは私が貸り主になっていて、母は管理者の立場にあった。東京の住まいのセカンド・ハウスであることを言い含めてあった。冬場にスキーに来たとき、夏に避暑で訪れたときの、街中の別荘だと考えていた。佳代子にもこう言い聞かせておいた。

三日後、東京に戻った私の許に引っ越し完了の知らせが母から入った。食器棚だけはまだ届かないが、あとの品物はみな手許にあるという。

多少手狭だが快適だと言った。ただガスの湯沸器の調子が今ひとつで、お湯が出ず、風呂も利用できないらしい。杉本の事務所の電話番号を教えた。

二日して杉本から会社の方に電話がかかってきた。

「いや、まいったよ」

口火を切った杉本は、湯沸器の不備をまず侘びて、さっそくガス工事会社に修理を要請したと伝えたあと、おまえのお母さんは盛んに長男が電話をせよと言ったとか、早く直さないと長男に言いつけますとか、ご長男様々の脅しに近かったよ、と愚痴った。

「すまん。嫌な思いをさせて」

「老人にありがちなことだから、いいとして、ひとつ気になったことがあってな」

杉本は、母が息子に転居を勧められたから仕方なく引っ越した、と口許をひん曲げた口吻で文句をたらしていたと教えてくれた。

「そういうことだったのか」

違う、全くその逆だ、ともちろん私は声を鋭くして応えた。

「仕方なくって言ってたのか」

「ああ。ほんとうはホームにいたかったんだが、スキーや夏休みのときの宿がほしいから一部屋貸りるので、留守番として住んでほしいと頭を下げられた、と言ってたぞ」

「……そうか、そんなことを……」

一度立てた腹が治まっていった。なぜか無性におかしかった。

「いろんなこと話したんだな」

「ああ。お母さん、よく喋るんだわ」

「……世話をかけた。ありがとう」

母はたぶん、私のことばかりでなく佳代子のことも、それも悪口を杉本に聞かせたにちがいない。

それにしても私を長男という普通名詞に置き換え、それを武器のようにして用いたのは母らしい。これは当分、長男様を演じなければならないようだ。

食器棚が届けられたと思われる日の夜、母から電話があって、不良品が来てしまってねえ、とこぼした。棚が組み立て式になっており、自分ではできないから運んできてくれた人に頼んでやってもらったところ、サイズが微妙に合わなくて納まり切らなかった。こんなことははじめてだと不思議がる彼らは製造元に電話をかけて指示を仰いだ。結局、交換ということになって、食器棚ごと持って帰ったという。

「ついてないよ。湯沸器のときと同じだよ」

電話口で肩を落としている母の姿が想像できたが、それは私も同じ気持だった。一度つまずくと、二度三度と重なるものらしい。

そしてそれはやはりそうだった。

半月後、食器棚もようやく届き部屋全体に落ち着いた雰囲気になった頃、今度は天井から水が漏れてくるという知らせを受けた。

十階建ての五階部分だから屋上に異状が生じたのではないだろう。真上の部屋の他人《ひと》のところに行ってみたか、と問うと、もちろんそうした、と母は応えた。その上の他人は部屋の中まで招じ入れてくれて、流しの下に漏水の起きていないことを見せてくれた。

母は考え込んで長男に電話してきたのだ。

「じゃ、管理費を払っているんだから、マンションの管理組合に訴えてみるといいよ。組合長は三〇二号室の遠山さんという方だったね」

私は抽斗《ひきだし》から、母から送られてきていた組合関係の用紙のコピーを取り出して、急いで目を通した。

「おまえが連絡を取っておくれよ」

「何言ってるんだ。そこにいる母さんがするべきだよ」

「そうかい……長男のやることだと思うけどね」

「冗談じゃない」

むっとして、早々に電話を切った。それでもしばらく気にはなっていた。佳代子はにやにやしていた。ちえっ、うまくいかないもんだ、とつばを吐き棄てる思いで、二週間後に電話を入れた。

母はきちんと組合長に話しに行っていた。天井に水がしみ渡って、漏れてくる部屋はまだほかにもあって、階上階の外壁に亀裂が生じてそこから雨水が入り込んできていて、各部屋に浸水しているらしかった。築数十年のマンションの宿命らしい。

「各部屋の人が二万円ずつ出費して工事費用を捻出するんだって。仕方ないから払うつもり」

「直ればいいんだから。とにかくよかったね」

「ホームにいれば、こんな出費しなくてすんだのにねえ」

杉本に喋ったという母の作り話を思い出していた。

「ま、でも、一件落着だ。湯沸器、食器棚、漏水、と二度あることは三度あったから、もうおしまいだよ」

「そうだといいけど。田原をうちのお墓に入れなかったから、崇られているじゃあるまいね」

「そんなことないさ。あの人はあくまで他人だったんだから」

「……」

母は何か言いあぐねているようだった。納骨の経緯は知らないが、母の中で引っかかるものがあるのだろう。

「それより、これからどうするの」

私は母の今後の生活設計を問うてみた。これは佳代子にもせっつかれていたことで、ボケの予防にはとにかく何かをすることが一番だから、私も確認したかった。

「特に考えてないよ、母さんは。のんびり暮らすさ」

「……寝込んだりしないでよ」

「心配いらない。まだまだ大丈夫だよ。あっ、そう言えば」

母は先月民生委員の南という人が訪ねてきて、月に二度やってきてくれることになった、と言い添えた。マンションの中で独居老人は母だけらしい。四十過ぎの話好きの婦人だったという。

私はやれやれと息をついた。これで何か起こっても発見してくれる人がいることになる。

「合い鍵を渡しておいた方がいいよ」

私も合い鍵はもっているが、東京からではやはり時間と距離がかかりすぎた。

独り暮らしには慣れているから、それほど心配はしていなかったが、七十歳という年齢とやるべき仕事を持たずまた持とうともしない母の生活の方が気になった。

毎日、朝からテレビを見て過ごすのだろうか。園芸の趣味でもあればテラスを利用して草花を育てることもできるだろうが、母にはそうした意欲は湧かないようだった。目が見えにくいのを理由に読書もしたがらない。眼鏡代にと五万円を送金したことがあるが、きちんと買ったかどうか。友人もいるようでいないみたいなものだった。外出して趣味や文化講座に出向くよう勧めても、どこかすねた感じの拒否の仕方をした。もう他人と交わるのが億劫になったのだろう。

正月には札幌にこちらから出かけて行くか、母を東京に呼び寄せるか、いずれかをすべきかもしれなかった。

妻がマンションを借りたときからずっと見たがっていたので、ある年の正月を札幌で過ごすことにした。母は七十三歳、私は四十七歳になっていた。淳一は大学生となって関西で下宿生活を送っていた。

「食器棚だけが立派な部屋だね」

「そうなのよ」

母はスキーの板をかかえて到着した私たちを見上げた。両頬がつららのように垂れていた。下唇が異様に突き出ていて、不平たらたらな老婆風情に映った。鼻の下は細かい縦皺がアコーディオンのように寄り固まっていた。

七年会わないうちにすっかり老け込んでしまった。これが老いなのか。

「おなかすいただろう。今作るから」

母は流しに立った。五時半に新千歳に着くので七時までにはマンションに顔を出せると念を押しておいたのだから、夕食の用意くらいしておいてくれてもよかったのだが、母にはもうそういう計算や融通は利かないふうだった。もともと要領の悪い人だったからやむを得まい、と妻と顔を見合わせて腰を下ろした。

壁に一枚絵でもかかっていればくつろいだ感じも出ように、銀行の味気ないカレンダーが一枚べたりと貼られているだけだった。和室には押し入れに入り切らない蒲団が積まれており、風呂敷がかけられていた。その横に堂々とした仏壇が鎮坐していた。これがローンを組んで買った代物か。三十万の品を十回払いにしたと述べた、あのときの電話の向こうの母の声は華やいでいた。

元旦の朝、私たちは三人ではじめての正月の膳を囲んだ。関西出身の妻の作る雑煮とは違った醤油味の母の雑煮はうまかった。私にとっては大学生時代以来の味ではなかったか。

母は餅をふうふうさましながら少しずつかじるように食べた。丸められた唇を中心として放射状に皺が広がった。腰が曲がり肩もせむしを連想させた。

伯父や叔母の安否を訊ねた。親類の話題が無難に思われた。母はゆっくりした口調で自分の兄や妹のことを語り、最後に何を思ったのか、吐き棄てるように、

「あの人たちも、母さんにお金をせびったくちさ」

私は期せずして箸を止めたが、その瞬間、ある考えがひらめいた。

「母さん」

「うん?」

「書いてみる気はないかい」

「書く?」

私は、そうだ、と深く頷き、要領を得ない顔つきをしている母と妻を交互に見やりながら、母が父の財産を無くしていった経緯を詳しく書き記してほしい、と言った。

「おおよそは知ってるけどね、もっとはっきり知りたいから」

母は迷惑そうな表情をいち早く浮かべた。

「母さんに文章なんか書けないよ」

「いいんだよ、メモ程度で。何も小説を書いてなんて頼んでいるわけじゃない。それに一日ひまでしょう」

「……けっこうすることあるんだけどね」

母は渋ったが、妻も膝を進めて、お義母さんおやりになったら、と誘《いざ》なった。

「あの頃のことは思い出したくないし……」

「じゃ、この際、母さんの半生記を綴ってみるといいよ。良かったこと愉しかったことも、苦しかったり辛かったりしたこともひっくるめてさ」

「勝手に決めないでほしいわね」

気乗りしない母に私は、それほど構える問題でないし、書くことはある意味で整理することだから、毎日少しずつ書き溜めていくうちに人生をじっくり振り返られると口説いた。原稿用紙は東京に戻ったら、桝目の大きいのをすぐ送る、と言い添えた。

母は口を閉ざして考え込んだ。

翌日から二日間私たちはスキーを愉しみ、東京へ帰った。飛行機の中で、自分の思いつきの素晴らしさを妻に自慢した。

「これで、やるべきことができた、というわけだ。なぜもっと早くに気づかなかったのだろう」

「お義母さん、ほんとうに書くかしら……」

「そこだよ問題は。あれで案外スネ者だからな。いいふうに取ってくれればいいんだが。でもなあ、今回つくづく思ったよ。あの人、日がな一日、何してんだろ……」

「そうねえ……」

そう受けながら妻は私が入浴中に母に聞いたと断ったうえで母の一日を教えてくれた。

六時前には目が覚めて、起きてまず小用と洗顔をすませてから、湯を沸かしてコーヒーを淹れ、煙草を燻しながら味わう。テレビのニュースをつけて、七時半までにはパンの朝食を終える。蒲団を上げて部屋の掃除にかかる。次に一階まで降りて新聞を取ってくる。テレビ欄を入念に読む。その日観る番組を決めて、テレビの前に坐る。

十二時に主に麺類の昼食を摂って、またテレビ。午後ずっとテレビと付き合って、夕方夕食のおかずを買いに外へ。六時までには夕食を終えて入浴。

八時に床に就いて、寝たままの姿勢で十時までテレビを観つづけて、就寝。しかしぐっすり眠れず、夜中に必ず二回はトイレに立つ。

「まあ、こんなところらしいわよ」

「戸籍謄本のことで用事を頼んだりすると、すぐやってくれるのは、それがひとつの出来事に値するからなんだな、きっと」

「そう、お義母さん、することができて嬉しいのよ」

「たまにはいいことしているわけだ。でもなんとなくわびしい感じがする」

「私たちはどうなるのかしらねえ。私かあなたのどちらかひとりが残ってしまったら」

「おれは何かやってると思うな。することがないほど退屈なことはないから」

「私は、お義母さんのようになってるかもね……よくわからないけれど」

「ま、お互い好き勝手にやるしかないさ。お袋には、一応、原稿用紙は送ってみるよ」

一年後の夏、母は叔母と関西旅行のツアーに参加しているという絵葉書を奈良から送ってよこした。私は素直に歓んだ。そうか旅行という手があった。旅に出られるということはまだ足腰も丈夫で気力も充実していることの証しでもあるからだ。

マンションの一室で終日原稿用紙に向かっているよりはずっと健康的でもある。母がマンションで独り暮らしをはじめてからもそうなのだが、普段用事でもなければ札幌に電話することはなかった。冷たいと思われるかもしれないが、週一回とか月二回の定期便と呼ぶにふさわしい電話連絡を持ったことはなかった。それで不都合はなかった。母の方でも声を聞きたくなったのでかけた、と言って不定期がほとんどだった。

母の健康を気づかいもしたが、こまめに受診をいとわないたちなので、電話のたびにどこそこが悪いと聞かされはしていても、大筋において心配はなかった。腰や肩がこることが多くて、マッサージに頻繁に通っているようだった。軽い運動を励行すれば治ることだったが、強いて勧めなかった。治療のためにはどうしても外出せねばならず、その外へ出ることじたいに、母の場合は意義があったからだ。

たまの電話で、原稿の件を尋ねてみることもあったが、母はきまって、字を書こうとすると肩がこって仕方なくてねえ、とこぼした。私はそれ以上問うことはせず、次に赴く旅先の予定を訊いた。母はにわかに朗らかに声を弾ませて、北陸や山陰の名を挙げた。

「小遣いが入り用だったら、いつでも言ってきて。すぐ送るから」

私のできることといったらせいぜいそれくらいだった。安堵するとともに、なんともいえぬ無力感に襲われた。たとえいっしょに住もうが離れて暮らそうが、私と母とはもうべつべつの生活をしていて、けっして交わることはないだろう。もちろん同居を望んだりはしなかったけれど、そういう気持に自分の心を昂揚させてみた場合、和気藹々に過ごす母と息子の姿も想像されたが、それは所詮夢物語にすぎなかった。そういう私に母の生活に口出しする権利はなかった。

翌三月に金沢からの絵葉書を、十一月に日光からの絵葉書が届いた。日光からもらったときは、さすがに妻と、東京は目と鼻の先なのに、と話し合った。

私たちの方は郊外にやっと土地が見つかって、新居の設計図を描いているところで、来春家が建ったら一度上京してもらうつもりでいた。母はまだ東京に来たことがなかった。

年が明けて元旦の朝、札幌は大雪だ、と昼近く母から電話があった。またスキーしにおいでと言ったあと、胸がなんとなく苦しいともらして、松の内が過ぎたら病院で診てもらう、と述べた。母の診立てによると肩こりのせいらしくもあるので、受診後マッサージにも行ってみる、と言い添えた。いつものことなので気にならなかった。

四日の土曜日、夕方、民生委員の南という人から電話が入った。病院からだった。母が狭心症で死去したという。

私たちは、帰省していた息子ともども急遽札幌に旅発った。

四日の昼過ぎに南さんはいつものようにマンションを訪ねたのだが、ブザーを押しても応答がないので預かっていた合い鍵で入ってみた。すると居間で母が食卓にうつ伏せになって動かなかった。すぐに救急車を呼んだ。

母は病院に運ばれて、死亡が確認された。

狭心症とは父と同じ最期だった。

母の死顔はやすらかで、皺が古代の土器の紋様のように生きた年輪を物語っていた。

妻が死化粧を施した。その間、私は手を握っていた。

出棺の朝、元旦の日に母が澄んだ声で伝えてきたほどの雪ではないにせよ、雪が冬陽をかすかに受けながら風に絡まって舞っていた。

息子が遺影を抱き、私と妻と葬儀に参列してくれた、以前のホームの事務職の人たちとで、棺を支えてエレベーターに乗った。蓋があけられ、棺の先端が方形の穴に埋め込まれた。

その晩、母の部屋の整理をした。形見分けも行なった。家具類は古道具屋に処分し、冷蔵庫などの電気製品は電器店に引き取ってもらうことにした。

仏壇の抽斗を開けたときだった。

私が送った原稿用紙の束が出てきた。思いがけぬことで取り出して膝の上に載せて、茶褐色に変色している表紙を開いてみた。そこには果たしてひしゃげた母独特の文字が書きつらねてあった。びっくりして頁をめくってみた。二十枚くらいまで文が綴られていた。

私は電燈の下にいざり寄って目を凝らした。

勉が東京に帰って行った。私にマンションを、犬に餌を与えるようにして。母さんの本心もわからずに。父さんが生きていたら、こんなことは起こらなかったにちがいない。東京の大学などに遣らなければよかった。あの嫁の入れ知恵が大きいのだろう。勉は下僕になり下がっている。私は管理人なんかではない。亭主と早く死に訣れることはなんて辛い結末をもたらすものなのだろうか。

昭和十八年の夏、海軍中尉の秋葉健という男性《ひと》から結婚を申し込まれた。私は半玉の身なのに、とかあさんに相談することにした。お座敷で一回しか会ったことのない人だった。

母は冒頭をあたかも呪詛めいた言葉で埋めていた。全身に鳥肌が立った。杉本の教えてくれたことは母の本音の一部を表わしていたのだ。母という女《ひと》がわからなくなった。

上気するのを覚えながら、二十枚を一気に読んだ。戦争に敗れて、父が退役するところまで書かれてあった。

妻を呼び、原稿を見せた。

「お袋、書いていたんだよ」

妻も目を走らせた。読み終わると、

「何、これ？　ひどいわね。私たちが余計なことをしたみたいだわ。このあと、私の悪口をくわしく書くつもりだったんだと思う。どう？」

「ああ。おやじがやっぱりよかったんだろ。だから仏壇にしまっておいたんだ」

その仏壇には、今や骨となった母がいる。

「書き遺してくれたことは嬉しいけどね。本心が出るもんなんだな。やってくれたね、絹江さん。あんたらしいよ」

私は仏壇の抽斗を引いて、原稿をそっと戻した。

「さてと、この仏壇と原稿はどうしようか」

「出来るかどうかわからないけど、お寺で焼いてもらったら」

「さっぱりするとするか」

「ええ。せっかく亡くなってくれたんだもの」

妻の表情はせいせいしていた。

イルミネイション

エスカレーターで二階に上がり、フロントの前の喫茶室で私は香山《かやま》を待った。香山とは電話でしか話したことがなくてこれが初対面だ。彼は東京の大成出版社の編集者であり、今回一年あまり後に出す予定の翻訳の英訳本をわざわざ持ってきてくれることになっていた。

原本のイタリア語のほかに英訳があるのは安心なのだが、たいてい英訳は大意は的確につかんでいるが細部の微妙な処理に目配りが届いていない場合が多かった。イタリア語原典の方はとうに読了して、翻訳にかかっていた。

コーヒーを喫《の》んでいると、大成出版社の封筒を小脇にかかえた青年が入口のところに立って中の様子をうかがっていた。私は腰を上げた。

名刺を交換したあと、香山が、京都は修学旅行以来です、と多少気張った面持で言った。頬から顎にかけて髭剃りのあとが青白く浮き立っていた。

「ご足労をおかけして」

「とんでもない。一度お目にかかりたいと思っておりました」

一揖《いちゆう》して、封筒の中から英訳本を取り出した。

「やっと届きました。どうぞお納め下さい」

私はクラウディオ・ピエートロ著『自伝《マイ・ライフ》』を手に取った。パラパラとめくってみた。昨夜訳出した箇所を読み出した。自分の日本語訳と同じとわかると不思議に嬉しかった。ピエートロのこの自伝を翻訳出版するのが年来の夢だった。自伝文学に関心を持った私が、編年体ではなくトピックべつ仕立てで表現された、十六世紀イタリアの画家にして占星術師でもあった奇人の自伝と出会ったのは大学院生の頃だった。以来ずっと、この狷介な性格と奔放な行状を展開した百科全書的知識人の人生と向き合って過ごしてきた。

「きのうは〈出生〉の場面を訳したんです。ちょうどここです」

その部分を香山に示しながら、

「ピエートロの母は中絶の薬を使って堕ろそうとしたんです。生まれてきてほしくなかった子供だったのです。妾腹でもありましたしね」

香山はしばらく英文に目を走らせてから顔を上げた。

「イタリア語でも、このように簡潔な文体なんですか」

「ええ、そうです。事実として淡々と綴っています。ルネサンス時代に生きたピエートロは占星術に精通していて、自分のホロスコープのことを、そのあとに書いていきます。そして木星が地平線を上昇し金星が処女宮を支配していたので生殖器が傷ついた――そのため三十歳まで婦女子と交われなかった、と述べていますよ。おもしろい男です」

「とにかく完成を愉しみにしておりますので、よろしくお願いします」

私たちはそれから小一時間ほど雑談をして別れた。


ホテルを出た私は隣接するデパートの階上にある書店に立ち寄ろうと思ったが、妻のことが気になって、タクシーで北内《きたうち》産婦人科に向かった。光恵は昨日出血が止まらなくて急遽入院した。妊娠九ヶ月目に入っていたので万全を期した。

産婦人科は銀閣寺を下がったところ、白川通りに面している二階建ての医院だ。院内に入るとポップスが流れて、椅子もホテル並みのクッションの豊かなものが、禅寺の石庭に岩を配置する妙で並べられていた。各椅子の前にガラスの丸テーブルが置かれ、傍らにはマガジンボックスが添えられていた。向かい合って坐る方法をとらず、患者ひとりひとりが自由な空間を確保できるよう配慮が行き届いていた。

受付で光恵の病室の確認を取ってから二階に上がろうとした。昨夜は外来のベッドの上で寝かされて安静を保って今朝病室に入った、と午前中に電話を入れたときに病院側は応答していたからだ。

そのとき受付の女の子が、

「夏川光恵さんでしたね。夏川さんなら今、分娩室です」

背中に言葉を投げかけてきた。

私はとっさに振り返った。

「分娩室？　生まれたんですか」

「まだだと思います。ちょっとお待ち下さい」

彼女は内線をかけて確認を取ってくれた。

「やっぱりまだです。もうしばらく、ここでお待ち下さい。ご主人が見えていることは知らせておきましたから、すぐ連絡が入ると思います」

「承知しました。私はここにおりますので」

私は丁寧に一礼して椅子に腰を下ろした。

深くかけたつもりでも気持はそわそわしていた。生まれる、と思った。四十歳にしてはじめての子供だ。結婚して十年にもなるが、子供に恵まれなかった私たちは、排卵誘発剤の力を借りてまで、なんとか出産にこぎつけようとしたこともあった。

壁にかけられている、外国の港を描いた風景画の中の海に、とこしえの陽光が射し込んでいた。波が矩形に光って舫《もや》う漁船を照らし上げていた。

「夏川光恵さんのご主人ですか」

絵画の眺めをさえぎるように緑色の予防着を着用した男性が目の前に立った。

「はい」

仰ぎ見るような格好で私はその男を見上げた。

「産科医の青木と申します。少し奥様のことでお話があります」

「お世話になっております」

私は中腰になりながら応えて、あわてて頭を下げた。

「どうぞこちらへ」

青木医師は受付の横の一室に私を招き入れた。〈相談室〉というプレートが貼られてある。

「こんなところで申しわけありません。おかけ下さい」

「あのう、何か」

「ええ、実は、昨夜の出血は一時おさまったのですが、昼前からまた激しくなりだしまして。それに奥様は妊娠中毒症の気がありましてね」

「はい」

「またお腹の中の赤ちゃんの心臓の音、児心音と呼んでいるんですが、急に遅くなってきまして」

「遅くなる」

「ええ、普通、赤ちゃんの心音は速いんです。それが間を隔てるようになってきたのです。これは赤ちゃんにとって大変危険な状態なのです。それで陣痛促進剤を奥様に服用していただいて分娩室に入ってもらいました」

「どういうことでしょうか、危険と申しますのは」

こう問うと、見るからに活動的な感じのするタイプの青年医師は身を乗り出して、

「母体は心配ないのですが、赤ちゃんの生命が危ぶまれます」

「いったいどうしたんですか」

「専門用語になりますが、胎盤機能不全症というのがありまして、奥様の胎盤が機能しなくなっているのです。赤ちゃんに栄養が届かない状態なのです」

私は沈黙をよぎなくされた。

「もしかしたら、という可能性があります」

「死産ですか」

「残念ですが、そういう場合も覚悟しておいて下さい」

全身から力が抜けていく。すでに青木は立ち上がり、私が腰を上げるのを待っていた。

「私、これから分娩室の方へ戻りますので」

「わかりました」

からだのどこで言葉を発しているのか判断がつかなかった。

五分後私は受付から分娩室の前に向かうよう言われた。分娩室は二階の奥にあった。使用中のランプは消えていた。扉の前に辿り着くと同時に青木医師が中から姿を現わした。

「……残念でした。死産でした」

はっきりした口調で言って、青木は頭を垂れた。

「母体は大丈夫です」

「光恵はこのことを？」

「ご存じです。すでにお話ししました。それでご主人、亡くなった赤ちゃんをご覧になって下さい。死亡診断書をお書きします。もう立派な人間の子供ですから、お葬式も出して上げねばなりません。名前もつけて上げて下さい。区役所に出生届と死亡届の両方を同時に出すことになります」

私は感情を押し殺してものを言う青木の眼差しを見つめた。唇の動きが少し視界に入った。青木は大変重要なことを言っている。しかし言葉は脳裡に刻まれてこない。

「さあ、こちらです」

無言のままの私を青木は促して分娩室の中へと導いた。入ると緑色のカーテンがかかっていて、青木はそこをくぐらずに扉の脇の小部屋に進んだ。

洗面台が据え付けられており、テーブルのような台もあった。台の上に布が丸まって置かれていた。布の手前に看護師がひとりいた。

「ご主人さんだ」

青木が紹介した。看護師は私に目礼した。そして布を解きはじめた。中から縮こまった感じの紫色っぽい固形物が見えてきた。

「このたびはお気の毒でした」

彼女が布の上の固形物に一礼した。青木もその横に立って視線をそれに落とした。私はようやく状況が呑み込めた。恐る恐る近づいた。期せずして両手が口許をふさいでいた。

それは私に背中を見せて横たわっていた。弓形に曲がっていた。四十センチから五十センチくらいの大きさに思えた。耳もあり、髪も伸びていた。たぶん向こう側には目も鼻も口もあるのだろう。女児だという。

「お母さんのお話によりますと、昨夜来られたときに赤ちゃんの肌着と服を鞄に詰めてきたらしいのです。これから赤ちゃんをお湯で清拭《せいしき》してその服を着せてあげたいと思いますので、服を病室から取ってきて下さいませんか」

噛んで含める調子で語った。死児に目を釘付けにされていた私はつと看護師に視線を移した。

よろしいですか、といった調子で目配せした。

「病室は二〇三号室です。私もごいっしょします」

「あのう、光恵には？」

「……そうですね……いいえ、奥様にはその服を持ってきたあとにでも」

「そうします」

看護師のあとにつづいて分娩室を出た。廊下に立つとぬるんだ空気に包まれた。分娩室の中が冷え切っていたのだ。

二〇三号室は洗面所の隣で廊下の突き当たりにあった。ふたり部屋で、奥の窓側のベッドは空いていた。手前のベッドの脇にボストンバックが置かれていた。私はベッドの上に持ち上げてチャックを開けた。タオル、バスタオル、ティッシュペーパー、下着とつづいて、いちばん底に新生児の肌着と服が納められていた。肌着の方は見覚えはなかったが、服は光恵の母が買ってくれたものだった。男か女かわからないので、いずれの場合にも合う黄色の服を選んだ、と言っていた。私は肌着と服一式をベッドの上に並べた。枕許には脱ぎ棄てられた格好でガウンが置いてあって、その横の床頭台には洗面器がのっていた。

「これを」

チャックをしめて差し出した。

「では」

部屋を出て行く彼女に私もつづいて、分娩室に戻った。

「奥様はこちらです」

緑色のカーテンを束ねるようにして開けた。光恵が横になっていた。私の来るのを待っていたかのように目を私に向けた。

「康人《やすひと》さん」

か細い声だった。キャップを被っていた。隙間から頭髪がこぼれ出て頬をつたい、面窶《おもやつ》れを際立たせていた。

「ご苦労さまでした。頑張ったね」

枕許へ佇むと光恵はあふれてくるものを懸命に抑えるようにその力を目許に集中させて私を見上げた。

光恵の所には一時間ほどいたが、私は慰めや励ましのための言葉を見出せず、ただ妻の手を握っていた。そしてそういう自分に腹が立って、青木先生に挨拶をしてくる、と断って分娩室をあとにしようとした。そのとき戸口で先刻の看護師に呼び止められた。

「赤ちゃんに服を着せ終わりましたので、こちらへどうぞ」

台の上に黄色い服にくるまれた我が子がいた。

彼女が抱き上げてあやすような仕草をした。赤ん坊は胸の位置にあって乳首を含んでいるふうに見えた。生き返ったのだろうか。そんな錯覚すら覚えた。

「だっこしてあげてください」

「はい」

私は私の年齢の半分くらいと思われる年格好の看護師の動作と言葉に絆《ほだ》されて一歩足を前に踏み出し、赤ん坊を受け取った。

鉛の感触で、紫色の肌が黄色い服に周囲を覆われて沈んでいた。顔は横を向いていて、透き通るような小鼻が私の視線を捕らえた。光恵の小鼻の形にそっくりだった。

「先生からお話をお聞きしていると思いますけれど、お葬式が必要です。もちろんお葬式をお出しになるかどうかはご自由なんですけど、出してあげて下さい」

私は黙って頷き、片手に抱きかかえて服の中に手を差し入れた。肌着の下は湯の温もりの名残りで暖かかった。袖口をたくしあげて指を握った。指の先は冷たかった。爪が伸びていた。ある時点まで生きていたことは確かだった。無念としか言いようがない。

「先生がじき死亡診断書を下さいます。受付で葬儀屋さんに連絡を取って下さい」

「わかりました」

「それでは」

「あのう、この児は妻に見せなくても」

「それはお任せします」


医師から死亡診断書を手渡されるとき光恵はあと数日の入院が必要だと告げられた。その間に赤ん坊の後事を済ませてしまおう。

まず父母と光恵の両親に連絡を取った。事を大げさにしたくないので、どこにも知らせなくてよい、と釘をさした。私の親には、京都に住んでいないので、わざわざ葬儀に出てくるには及ばない、と言い添えた。義父母と私の三人で済ますつもりでいた。

親たちは最初呆然として話を聞いていた。受話器の向こう側に口を開けて宙に視線を泳がせている聞き手の表情がそれぞれ思い浮かんだ。

とりわけ義母には余計なことだと知りながらも、

「買っていただいた黄色の服を看護師さんに着せてもらいました。だっこもしました」

たどたどしく報告した。
「つらかったろうね。で、光恵は……」
「二、三日は養生のため入院をつづけ、退院の日までにはいっさいが片がついているようにしたいんです。これから葬儀会社に連絡を取り、そのあと区役所に行ってきます。ですから北内産婦人科まで来て下さいませんか。区役所に出かけている間、赤ん坊をお願いしたいんです。光恵にも会ってやって下さい」

葬儀会社に電話したあと、私と死児が連れていかれたのは地下の霊安室だった。正面に灯明の点《とも》された壇があって、その前に白布のかけられた少し低い台が置かれていた。私はそこに死児を寝かせた。台の前にはテーブルと椅子があり、打ち合わせができるようになっていた。遺体の前で金銭の話を交わすのか。

密閉された感じがして息苦しかった。線香でも焚かれて煙が出ていれば耐えられないだろう。

ふと香山から受け取った英訳本を入れた茶封筒を手にしていないのに気づき、その行方が気になった。どこへ置いてきたか。分娩室の前に向かったときには持っていたはずだ。しかし赤ん坊を抱いたときには手本《てもと》にはなかった。すると、光恵に会ったときだ。知らぬ間に光恵の枕許に置いてきたにちがいない。光恵はもう病室の方に戻っている頃だろうから、あとで取りに行こうと言い聞かせた。

十五分くらいして葬儀会社の人が来た。

型通りの、しかしきわめて丁寧な挨拶のあと、価格ごとに祭壇の種類を示した。

「大層なことをするつもりはないんです。なにせ死産で産まれた子ですから。宗教もなしです。家にちょっとした壇をこしらえて下されば結構です」

「ご死産でしたのなら、なおさら手厚くなさって下さい」

中年の頭髪の少々薄くなっている男はいかにもご愁傷様という顔付きでこう言うと、パンフレットを閉じた。男の言葉には理があった。溜息がついて出た。

「ご予算に応じさせていただきます」

「承知しました。よろしく頼みます」

私は念頭にあった金額を言った。

「かしこまりました。あとは万事お任せ下さい」

男が出て行ったのとほぼ時を同じくして義母が神妙な顔付きで入ってきた。

「壇の上に」

「かわいそうに」

「光恵には見せていないんです」

「それがいいですよ」

義母は赤ん坊の前に立って掌を合わせた。深々と頭を下げた。

「これから区役所に行って、出生と死亡の手続きをしてきます」

「お世話をかけます。留守番してますからね」

「それから、さっき死亡診断書を渡されるときにお医者さんに訊かれて、とっさに応えたんですが、名前は陽美《あけみ》にしました。女の子のときはこれと、あらかじめ光恵と相談してあったので」

「陽美。いい名だね。字も明るくてね」

白髪が頭の多くを品よく占めている義母は頷いて目を伏せた。そして、光恵はいつも土壇場でついていない子だ、と呟いた。小学校の運動会の徒競走でも、トップを走ってくるのにゴールの手前で躓《つまず》いてびりになってしまった。不憫と思うが、私は慰めずに叱咤してきた。だけど今回ばかりは、と手で口を被った。

霊安室をあとにした私は地下の裏口から外に出た。

今出川通りでタクシーを拾った。左京区役所までは十分とかからない。手続きに二、三十分かかるとして、一時間以内には戻ってこられるだろう。

その頃には葬儀会社の人が再び来ているはずで、私たちは流れに乗ればいいことになる。

私は身辺に葬式などに伴う煩わしいものを感じており、それがこの流れに便乗すればすべて解決されるのではないかと希《ねが》っていた。こういうときは沈着にしていなくてはならない。しかしどことなく面倒くさいという率直な思いが、いつ弾け出るか不安だった。

タクシーの座席に腰を深く沈めて目をつぶった。瞼が重たかった。腕に陽美の重さが残っていた。右手でかかえた左腕をさすってみた。さすったその手を鼻にもって来た。黴の生えたような異臭が立った。


葬儀を済ませた明くる日、和室の寝室の一隅に簡単な祭壇を設けて骨箱を置いた。和室全体が引き締まった感じになった。

光恵が退院してくる前に私は仕事に手をつけておくつもりだった。光恵が入院する前と同じ雰囲気が家の中にあって、そこに光恵がなにげなく帰ってくる風景が念頭にあった。

しかしそれがなかなかできなかった。

書斎で机に向かっていても骨箱に引き寄せられるように寝室に足が向いた。祭壇といっても座机の上に骨箱とコップ一杯の水を置いたものだが、その前に私は正坐した。言葉を交わしたことのない赤ん坊との思い出にふけった。

それは棺に陽美を寝かせるときの自分の挙措《きょそ》のひとつひとつであり、骨を拾っている必要以上に猫背となった自分だった。この二、三日間のいろいろな場面のさまざまな自分が立ち現われては消えた。どの自分も陽美と同じく無言だった。

長い間坐っていた。昼食後に腰を下ろすと夕方まで居つづけた。無言の陽美と、黙然と息をする自分に、それでも耳をそばだてた。

ときに箱を撫でた。黄色の服にくるまれた陽美の、その服の感触が蘇った。でも、死産ということでほっとしている自分もどこかにいるのを認めざるを得なかった。生まれてきても奇形の場合だってあったかもしれず、それに直面している自分を想像するのがこわかった。

退院の日、病院に迎えに行った私はすっかり肩を落とした光恵を抱きかかえるようにして戻ってきた。

タクシーの中で彼女は肩を手に廻した私に深くもたれかかって目を閉じていた。ここでも陽美の野辺送りの一齣一齣を思い出していた。光恵のぬくもりや息する胸の動きで、気分が骨箱の前に坐っているときと同じ静けさに落ち着いた。

玄関を入ったときすでに光恵の目許は赤く腫れ上がっていた。まずキッチンに連れていった。

「お茶でも喫《の》もうか」

普段ふたりで外出して戻ってきたときと同じ言葉を口にした。

「熱い煎茶を淹《い》れるよ。荷物はあとで片づけるさ」

「喫んだら、あの児に会わせてくれる？」

「もちろんだ、いっしょに行こう。陽美は寝室にいるから」

急いで薬缶《やかん》を火にかけた。

光恵は頬杖をついて、底を炎で洗われている薬缶に目を凝らした。アルミ製の側面に光恵の顔が映った。

少し熱くなった頃を見計らって湯呑みと急須に湯を入れた。

「病院ではうまいお茶も喫めなかっただろう」

「お茶は毎朝配られた。インスタントのコーヒーの方がましだったわ」

「ちょうど新茶があるから、匂い、かいでみる?」

「じゃ、ちょっと」

茶筒を持っていくと、鼻を近づけた。

「いいわあ。退院できてよかった」

「だろう。まさにそうだよな。いい季節になったから散歩が愉しみだよ」

「うん?　散歩?」

「ああ」

私は、自分が普段とはやはり違っていることに気づいた。結婚して十年になるが、光恵を散歩に誘ったことなどあっただろうか。

光恵の気をそらそうと無意識のうちに心が動いていた。

湯気立つ湯呑みに息を吹きかけながら光恵はお茶を啜《すす》り終えると、

「陽美が待ってるわ」

静かに言った。

私は光恵の肩をぽんとたたいて促した。

和室に入った。

窓から白っぽい光が畳に流れており、その光線の一部を骨箱は浴びていた。光恵は祭壇の前に感慨深げに腰を下ろした。

「陽美が死んだとはとても思えない。陽美ちゃん、はじめまして、お母さんです」

語りかけて目を閉じた。それから箱を開けて骨壺を取り出した。

私は崩しかけていた脚をきちんと正坐に整え直した。

「康人さん、この壺、あたたかいわね。陽美のぬくもりね、きっと」

陽光のせいであることは自明だったが、私は黙って、ああ、と頷いた。コップの水もぬるくなっているはずだ。

「いつでも話ができるよ、ここに坐れば」

「ええ、もう、私の陽美だわ」

「そうだ、君の陽美だ。もうどこにも行かないさ」

光恵の口許に微笑がこぼれている。

気休めの言葉は言わず、普段通りの生活をつづけるように努めた。だがそう思うとかえって肩に力が入って仕草や言葉にぎこちなさが目立った。

週一日非常勤で教えに出向いている大学に行くほか、終日私は家で翻訳の仕事をした。しかしなかなか思い通りにははかどらなかった。からだの中から湧き出てくる力が感じ取れなかった。握り拳を作って力んでみても力は漲らなかった。

光恵は静かに呼吸しているといった形容がぴったりあてはまっていた。口数は少なかった。けれども書斎にやってきては机の傍らにおいてある昼寝用のベッド兼ソファに腰を下ろした。

何気なく振り向くと、

「ここにいると落ち着くの」

そして視線を天井の隅に走らせた。

私の部屋は北向きで早春の今も肌寒くすらあった。

足温器、膝掛けが手放せなかった。

「カーデガンでも羽織ってこいよ」

光恵は両手を交差させて互いの二の腕を寒そうに押さえていた。

「ねえ、私、あの水、飲んでみようかしら」

「あの水って?」

「陽美にあげているお水のこと」

「骨壺の前の水?」

「そう、あのお水」

「飲んでどうするつもり」

「ただ飲むだけ……」

一瞬けげんな目付きをすると、

「だってあの水、陽美と一日中いっしょにいるのよ」

「……ぬるくなってまずいぞ」

「味はどうだっていいのよ。じつはきのうもね、私夜中に起きてちょっぴり含んでみたの。そうしたら、そのあとぐっすり眠れたわ」

「全然知らなかったな。それで味をしめた、というわけか」

「そんなことないけど。あのお水を飲むとなぜかほっとするの。気持が和《な》ぐっていうのかしら。康人さんもためしてみるといいわ。翻訳が進むかもしれないわよ」

「力が出るというわけだな」

「やる気が起こるわよ、きっと。さあ、味わいにいきましょう。あなたに元気がないと私もだめになってしまう」

光恵は私の肩に手をかけて揉みほぐすようにして促した。筆を擱《お》いた。

水は毎朝取り換えている。あるときから水道の水を使わず、いわゆる名水を買ってきて用いている。

骨壺の前に坐ると光恵はさっそくコップに口をつけた。

「骨って、最終的には水に還るってこと、知ってる？」

「そうらしいね。見たことはないけど」

コップに唇をつけたままの光恵を見やった。平気な顔をしている。

「光恵、こんな話を聞いたことがある」

子供が欲しいために小さな仏壇を買ってきて、その中に人形をたくさん詰めこんで願をかけている不妊症の女性の話をした。

「そんなことはするなよ」

「その話なら私も知っているわ。その気持、すっごくわかる。でも私は大丈夫な気がする。運動会でころんでも最後まで走ったし……」

光恵はにわかに懐かしそうな眼差しになった。

手渡された私はひと口飲むと骨壺の横に戻した。単なる水の味にすぎなかった。コップの中で水が揺れた。

「私は寝るときも飲むわ」

光恵は水に向かって言った。

その横顔を何気なく見やりながら、ふと、子供ができないのは光恵が悪いからにちがいない、と疑った時期のことを思い起こした。疑念を晴らそうと、そろって検査を受けた。ふたりとも異常なしと出たが、光恵にはしこりが残ったようだ。私がうさんくさく見つめたその視線が辛かった、と検査のあと何度も不満をもらした。私の気持も理解してくれ、と弁解しても、半ば一方的にきめつけるような姿勢を取った私が恐ろしかったようだ。

翻訳の方は原文の面白さが手伝ってなんとかはかどりはじめた。

昨夜翻訳した箇所にはピエートロの幸福感が語られていた。ピエートロ自身、堕胎されかけた人間であるし、自伝の中に健康に関する一章を設けているように生来肉体的に虚弱で、何度も死にそうな目に出食わしている。また長男を死刑という形で亡くしてもいて、人間の幸福についてとりわけ関心が深かったと思われる。

彼は幸福のあり方を三つに分類している。ひとつ目は幸福はその人に対して一定の順序で起こるものだ、ということ。ふたつ目は生涯の一時期の幸せは全体との比率の上で成り立つ、ということ。三番目は自分の欲するものに成り得ないときには自分の成り得るものにわが身を合わせていけば幸福を得る可能性が高い、ということ。

光恵と肌はまだ合わせてはいない。夜ふたりは骨壺を前に枕を並べて寝ている。

寝る前に光恵は水を半分ほど含み、夜中に残りを飲みほすらしい。私はぐっすり寝入っていて、その様子を見たことがないが、月夜で月光が窓辺から射し込んでくる夜など、どういう具合に光恵の姿が映し出されるか、ふと想像をたくましくすることがあった。

なぜか狐の嫁入りの光景が思い浮かんだ。

月の光が雨なのだ。狐は白無垢の花嫁衣装。供の者がいて、月光の下を天空へとしずしずと昇っていく。

光恵にこの話をすると、偶然ね、私もそんな感じの夢を見るわ、と応えた。狐らしきものも確かにいるという。

光恵がからだが火照って、全身から光を発しているようだと言い出したのは、骨壺をいつまでも家に置いておくことはできないし、どうしようかと考えあぐねはじめた頃だった。

「夜中にお水を口に含むとき、コップを持つと、コップが急にぱぁっと輝くの。水の中から光が湧き立つように。火柱って感じ」

「月の光じゃないのか」

「月は出ていなかったわ」

「信じられないけど、光恵の言うことは信じるよ。たぶん光恵は発光体になっているんだよ。そのとき」

「なぜかしら。自分でも半信半疑なのよ」

「水が光るんじゃなくて、光恵の手から光がコップに、そして水に伝わっていくと思うな」

「そんなことってある？」

「あるさ。科学では解決のつかない問題など山ほどある。今翻訳中のピエートロの『自伝』にもいっぱい出てくる」

私は故意に平然と応えた。ピエートロの自伝の中でも、彼は〈天啓〉という光を信じていると述べるくだりがある。〈天啓〉は英語ではイルミネイションと訳されている。この言葉を〈天啓〉と訳出するのには私なりの苦労があった。

外界からの光と密接に関連していて、かつ自分自身も修練を積んでいないと〈天啓〉は感じ取れない、とピエートロは述べている。神はべつとして、人間が裡に所有しているものの中で最高級のもの、つまり魂（霊魂）だと彼は断言している。経験に裏打ちされた一種の肉感的閃《ひらめ》きなのかもしれない。光を感覚して内側から煌《きら》めいたとき、彼はさっそく占星術で自分の余命のわずかさを悟った。半年後、占い通りに死去している。

光恵はピエートロの自伝が十六世紀の産物で現在のように科学が発達していなかったと反論したが、私は、こういう現象に科学の発達は関係なく、信ずるか信じないかだ、と諭した。

「水が光ったとき、どんな気持になった」

「びっくりしたことがまず第一。次に心があらわれるような気がしたわ」

「なら、やっぱり、光恵自身が輝いたんだよ。最上の状態になっているんだ、きっと。そして陽美の魂と光恵の裡なる何かが照応し合って水がそれを映し出しているんだ」

光恵は私が、そんな莫迦なことが、と言って否定すると思い、それを心の底で期待していたようだ。しかし私の出方が予想に反していたので、かえって不可思議な表情になった。

内心、光恵を危ぶんでいた。光恵はこのまま精神の平衡を保てず、死児を追慕しながら朽ち果てていくのではないだろうか。

そうだとしたら私はどうするか。答えは密かに用意されていた。

私は崩れていく光恵を黙然と見つめるだろう。陽美はすでに亡く、光恵もそのあとを追う。ふたりを失うことになるが、それで私という人格が維持できればそれに越したことはない。母親になりそこねた女の壊れ方を是非見てみたい。

次の日東京の香山から仕事の進み具合を問う電話があった。よりによってこんな状態のときにと恨めしく思いながら、風邪をこじらせて寝込んだ時期があってあまりはかどっていないが、早晩、自伝中のクライマックスである、息子を失った部分にかかる、と嘯《うそぶ》いた。香山は、そうですか、そうした場面もあるのですか、それは興味深いです、とにかくおからだを大切になさって下さい、と言って切った。

溜息をついていた。その箇所は自伝の後半部でまだまだ先のことだ。ピエートロの長男は産褥の妻に毒を盛った廉《かど》で訴えられて、絞首刑にされた。ピエートロは冤罪だと各方面に働きかけたが結局成果はなく、その切々とした思いを一枚の絵に描いた。これが絵画史上、彼の名を不朽にした《亡き子を偲ぶ夜》である。まず、この絵にはひとりの男は描かれているけれど顔が意図的に描かれていない。「亡き子」が「首なしのなきがら」の意味になっている。そして『自伝』の中でこの部分のあとの文章に変化が見られることである。文体が崩れて、というよりも、イタリア語とラテン語がまじった、文学史用語でいうマッケロニカ文学に変容していることである。日本流で考えると和漢混交体である。

ピエートロの精神から「顔」がなくなって、崩れつつあるのが見えてくる。『自伝』中、白媚の箇所であろう。ここからの変則的で中心を欠いた文体の連続が《亡き子を偲ぶ夜》の解読の鍵のひとつとなる。読者は不可思議なリズムの文章に絡め取られながら、『自伝』執筆の真のモチーフに触れることになる。

『自伝』に関する論評は数多くある。みなこの部分を問題視しており、極端な評論になると、ルネサンス文化の衰退の象徴的描写だとしているものもある。私はそこまでの意見は抱いていないが、ピエートロの精神の疲弊の発露であるとして、〈天啓〉といった現象をも平然と吐露するある種の露見性の顕われだと考えている。そして飛躍するが、やがて光恵もこうした心性に陥るのではないか、と光る水を飲む彼女を想像しながら思うのだった。


ある朝、光恵がぽつりと言った。

「もう骨壺、お寺に預けましょう。それからからだの方も、大丈夫だから……」

そういえば光恵は趣味だと称する掃除をはじめていた。終日書斎にこもって仕事をしているとき、光恵が何をしているかは細かいところまで知らないが、彼女は主婦という時間的に自由の利く身分に満足を感じていた。管理栄養士の資格を持っているのに、あっさり職場を棄てて家事に専念したいと言った。

翻訳に飽いてキッチンに顔を出すと、光恵は文庫本を読んでいることが多かった。推理小説が好きで、一日一冊は読み上げた。

私は自分で湯を沸かして紅茶を淹れた。茶の用意をするのはひとつの息抜きであり、光恵の顔をうかがいながら、ティー・カップを傾けた。

そのときとりとめのない話をした。午前中だと、昼食は何にする、であり、午後だと夕食のおかずの相談だった。午前中の仕事は昼食をおいしく食べるための準備運動のような気さえした。

このなにげない会話が愉しみで書斎から出ることもあった。それは仕事がはかどらないための逃げでもあったが、そんなとき光恵の顔を見ると安らいだ。

光恵は私の仕事をいつも一歩離れたところから眺めていた。もともと理科系の頭脳やものの観方をしていて、私の携わっている文学関係の翻訳については、わからない、とはじめから明言していた。翻訳の内容を尋ねることもなかった。ときたま話をしてやると、筋だけに興味を示した。刊行された私の訳書は表紙を眺めて、よかったね、と言うだけで、中身は読むと眠たくなるから、今回も読まないでおくね、とちゃっかりしていた。

苦労して訳し上げた本なのに、肩すかしを食らった気がして腹の立つこともあったが、長い目で見るとそれは幸いした。もし訳文の不出来を批判されでもしたら、たとえ妻だとしても、いや妻だからこそ、立腹どころでは済まないだろうから。

退院して一ヶ月ぐらい経った日の夜、私は久しぶりに光恵の肌に触れた。肌理《きめ》の細かい肌をしていた。光恵は骨壺の前でどこか変な心持がすると少しためらいを見せたが、いつまでも気にするには及ばないと説いた。

からだを開いた光恵はどことなく警戒的な素振りをにおわせていた。もう大丈夫だよ、と声をかけながら身を重ね合わせた。光恵は瞼《まぶた》を軽く顫《ふる》わせつつ私を受け容れた。

「お願い、そっとして」

慎重にならざるを得なかった。手術をしたわけでもなかったのに、蟠《わだかま》るものがあった。光恵の肉体にも硬さが感じられ、すぐに果ててしまった。

「ぎこちなかったね、今夜のは」

言葉をかけると光恵は横を向いて、私の髪に手を置いた。そしてもう片方の手で私の左手を取って下腹部にあてがった。

私は掌を窪めて光恵の恥毛を握り、すっと放した。六、七回それを繰り返した。

「抜けてしまうじゃないの」

からだを横に向け片腕を立てて、光恵の素肌を月光の薄明かりの下で見渡した。肌が息をしているようだ。胸の鼓動が全身に静かな波を送り、光恵が膨らんでいく気配すらした。穏やかな気分にしだいになっていった。私もゆっくりと息をした。

すると、私の息の速さや深さに呼応するように、光恵の肌から青白い光がほのかににじみ出てきた。水蒸気にも似ていた。もやもやと立ちのぼって光恵をすっぽりおおった。

「光恵」

声をかけた。光恵からはここちよさそうな寝息が聞こえた。夢の中で光恵はわが身が光っているのを見ているのかもしれない。

ゆっくりと立ち上がって、シャワーを浴びに寝室を出た。発光しているのは光恵だった。光恵の魂と呼応していたのか。あるいは骨となった陽美の魂と……。

二、三週間経った六月の上旬、光恵は、骨箱を桂にある地蔵寺に預けたい、と突然言い出した。
「ガイド・ブックに載っていない小さなお寺」

「桂といえば、桂離宮が有名だもんな」

ごくありきたりの知識で応えると、地蔵寺は桂離宮に行く手前にある浄土宗のお寺で、水子地蔵や子安地蔵が境内にあるという。光恵は御利益めぐりの本で調べたらしい。

「檀家でもないのにそれは無理だろう」

「それは私にもわからないわ。でもとりあえず出かけて行ってみない」

私は賛成した。やれやれやっとここまでこぎつけたか。

特定の宗教を持たぬ私たちが、光恵ならずとも私でもやはり、骨箱の納骨先として第一に思い浮かぶのは寺であった。京都は寺が多く、散歩や散策がてらによく訪れることがあった。寺の敷地内に足を踏み入れると心底ほっとさせられた。年齢かな、とも思った。

光恵の退院後はじめての遠出となる。

区分地図でだいたいの位置を確認してから出発した。

阪急の桂駅で降りて東口を出た。駅前のロータリーを横切ってバス通りを進んだ。狭い道を自転車やバイクはもちろんのこと、大型小型を問わず乗用車やトラックがひっきりなしに往き来していた。

私たちは一列になって歩いた。歩道が定められてあるわけではなく、蟹の横這いの格好だった。

やがて左手前方に白壁が見えてきた。

——京洛六地蔵巡り地蔵寺

門柱に刻まれていた。

境内に足を踏み入れた。

「きれいなお寺」

「いや、端正といった方がいいな」

正面に枝ぶりのよい大きな松の樹が右斜め後方に傾いて植わっていた。松は方形の砂利の中央から伸びている。その砂利地がほぼ正方形の境内のほとんどを占めていた。本堂が正面よりやや左手に位置しており、その横に地蔵が並んでいた。参拝の人はだれもいなかった。

私たちは砂利の所を迂回して地蔵の前に立った。

左から、日比地蔵、子安地蔵、水子地蔵、六地蔵、稚児養育地蔵が一列に整然とならんでいた。

それぞれに花が供えられていた。

「どのお地蔵さんを拝んでいいのかしら？」

「そうだね。水子でもないし、子安でもない」

「でも、こうして眺めていると、なんとなく、いいわ」

「光恵、お地蔵さんの頭に手をあてがってみなよ」

光恵は、やってみる、と呟いて子安地蔵に手を載せた。石膏色の頭と掌のすき間から青い光がもれた。しかしすぐに消えた。

「やっぱり意識するとダメね。自然のままの状態でないと」

「備わるというのは、そういうことかもしれないな」

「ええ。それにもう私は光らないと思うの」

「なぜ？」

「なぜって、次の赤ちゃんがいつできてもよい状態でしょう。もう陽美とのことは終わったのよ。

陽美の魂は浄土に迎えられたんだわ」

「そうか、同感だ。光恵、寺務所に行って訊いてみようか。せっかく来たんだから」

頷いた光恵を伴って、右奥の寺務所の扉をたたいた。

梵妻《だいこく》らしい人が出てきて、住職は今留守だが用件は承ります、と丁寧に言った。私は死産のことからはじまって無宗教だが納骨をお願いできないか、と頼んだ。

白髪の交じったその女の人は笑顔で、それは構わないが納骨料が少々必要で、もし希望するならば永代経の費用もかかる、と言い添えた。

「来たかいがありました」

素直に出た言葉で、光恵もほっとした顔付きになっていた。

私たちは近日中に骨を持ってもう一度うかがう旨を伝えて辞した。

「肩の荷がおりたね」

「ええ。楽になったわ」

帰宅後、光恵はさっそく骨壺の前に坐って言葉をかけていた。

次の日、手芸店に出かけて赤と紫の生地を買い求めてきた。寝室で赤と紫の前垂れを作りはじめた。

子安地蔵を思い出していた。

顔の下の胸のところにまず赤い前垂れが、その下に薄紫の色の前垂れが重なるようについていた。

光恵はそれと同じものを骨壺にかけるつもりなのだ。

もう陽美とのことは終わったのよ、と呟いた言葉が蘇ってきた。

「康人さん」

しばらく経って寝室の方から光恵の呼ぶ声が聞こえた。

私は仕事を中断して立ち上がった。

コップ一杯の水を隣に、骨壺地蔵が控えているにちがいなかった。


寝室に行くと光恵は前垂れを膝の上に置いて坐っていた。

「出来たのか」

「ええ。絵も描いたわ」

「絵?」

私が何のことかと不審な顔をすると、わからないのといった表情で睨みつけて、骨壺の方を顎でしゃくった。

見ると骨壺の前に画用紙が置かれていた。近づいてみた。

「これは」

私は言葉に詰まった。

「陽美を描いてみたの。それにこの前垂れをつけるのよ」

洋梨を逆さにしたような形の赤ん坊の顔が赤鉛筆で縁取られていた。目鼻口は青鉛筆で小さく添えられているように描かれていた。茶色の耳がついていた。

「水はもういらない。からだも光らなくてもいい。でもやっぱり顔がほしい。私だけが見てないのよ」

私は骨壺と光恵の間に立ち尽くした。

「康人さん、見ていて、前垂れをつけるわよ」

私をよけるようにして絵の前にくると、前垂れをそっと口の下に置いた。

「陽美ちゃん、お母さんです。やっと顔ができました。前垂れも作りました」

光恵の肩に手をあてて坐った。

「光恵、〈母親〉を棄ててくれ。僕も〈父親〉を放棄する。もう陽美は浄土にいるんだ」

すると光恵が振り向いた。

「あなた、何言っているの。私、とっても嬉しいわ。ここに陽美がいるのよ。ほら、見て。これが陽美よ」

「光恵」

私は光恵の肩を揺さぶった。眼差しがとろんとして、口許に不敵な笑いがにじみ出ている。

次の日、私は光恵をせき立てるようにして地蔵寺へと向かった。骨壺を骨箱に移し入れて抱きかかえた私と光恵は、タクシーの窓から街並みをぼんやりと眺めつづけた。

光恵は焦点の定まらぬ目つきをしていた。

私自身どこに身を置いたらよいのか。生身の光恵に向き合うも、光恵の息を吸い込もうとして吸い込めない自分がいた。北白川の家から桂の地蔵寺までは一時間以上はかかる。その間、私は考え拉《ひし》いだ。ピエートロの自伝の内容までが脳裡を駆け巡った。その感化か、額を窓ガラスに押しつけて、流れ過ぎゆく風景に溶け入っている光恵の横顔に顕われているのは、ひょっとしたら死相めいたものではないか。

そう思うや戦慄が走った。膝の上の骨箱がやたらと重い。腕がだるく、咽喉元がひどく息苦しい。

寺に着くと骨箱を光恵に抱えさせ、その光恵を私が支えて寺務所に向かった。

「大丈夫か」

声をかけるも、半ば頷くだけだ。すぐさま、寺務所のベルを押した。

『自伝』が刊行され、年も明けた二月初旬のある日、『自伝』を紙袋に入れて、ひとりでバス停に佇んでいた。

四十分ほど待たされたあと、嵯峨野行きのバスが二台つづけて到着した。先頭のバスの方が混雑しているのはきまっていたが、冷えあがってくる寒さに耐えられず後車を待たず、ともかく目の前に停車したバスに乗った。息の白さは暖房に消され、バスの塗料、乗客のむれたにおいが鼻をついて来た。風にあたって赤く腫れあがっていた頬や鼻の頭がなまぬるい空気にほだされてむずかゆくなり、鼻水が出てきそうだ。

昨日初雪が降り、寒さも肌をつきとおすほどまでになってきた。雪は解けずに一夜明けた今朝も路面をうっすらとおおい、中には凍《い》てついて氷の張った所もあり、晴れあがった空に浮かんだ陽にしろじろと、照らし出されていた。

街は静止していた。バスがなかなかやってこないのもあたりまえのように思われた。

バスは発車した。

私は何十年も暮らしているのに京都の街の通りの名を正確におぼえることができなかった。北の方の山か、東か、西か、山のない南か、という具合に、行きつく果ての山の形や色、展けた空間の形を記憶しているにすぎなかった。

今は西の方に向かっている。バスの後方に大文字の「大」の字が雪をいただいて冷えびえと見える。

空席があって坐れたので、出版されたばかりのピエートロの『自伝』を開いた。

〈訳者あとがき〉の頁をめくった。

そこには、私事ながら、と断って、子供の死産と妻が不安定な精神状態に陥った出来事が、逆説的ながら、暗に訳者を助けてくれ本訳書の完成をみた、と記してあった。その通りだった。ピエートロの破天荒で悲劇的な一生に訳者も翻弄されたものだが、それを顕現してくれたのが光恵の精神の異常で、それと私の内なる動揺が釣り合ったからだった。光恵を冷ややかに見つめながら、放置した方の私が自らの精神をいつのまにか保てなくなっていたのだった。

本を閉じて窓外に目をうつした。

この街の風景にはきまって限りがある。その区切られた面の形を心にとどめようとした。なぜなのか自分でもわからない。山並みの美しさにうたれているのではなかったが、そうやっていると自分の位置が手にとるようにつかめたことは確かだ。

東京育ちの光恵はさかんに、京都の景色が優美で心がなごむ、と言った。車のかまびすしい表通りはさけて裏の通りを歩くことをとくに好んだ。屋並みに落ち着きがあるとも語った。

「鴨川の流れがきれいよ。朝なんかすてきだわ。そう思わない？」

私の目を覗きこむようにして訊いてきた。返事に窮すると、

「康人さんと歩いていてもさっぱり情緒ないんだから」

もっともなことだと苦笑いをすると、

「気味わるいわ」

にぎっていた手をふりほどいて立ちどまり、しばらく私を見つめて、ねえ、と媚びた声を出して寄り添ってきた。

光恵の言いたいことはわかっていた。光恵は私の情趣のなさをなじるのをいつも糸口にして甘えてくるのだった。光恵は今度こそ子供がほしいのだ。

私は微笑みかえして光恵の肩を抱き、歩きはじめた。もう子供はできないような気がしていた。盆地という地勢の京都は、山々に四六時中監視されているような感じがして、心の奥底はつねに揺れていた。精神的なものでしかないことは一応わかってはいたが、光恵とからだを重ね合わせていても、生きているという実感はつかみかねた。

光恵の懸念は自分の年齢のことだった。お互い知り合うのがおそかった私たちは晩婚であり、そのうえ手前勝手な都合で私の方が結婚をおくらせていた。

結婚したときすでに光恵は待ち疲れた顔をしていた。私はなぐさめ、それにこたえるものをさがそうとした。

しかし風景というものがいつまでも女性《ひと》の心をなごませるわけではなかった。とくに京都の風土にはどことなく瘴気《しょうき》のようなものが感じとれて、光恵もすっきりした気分にはなかなかなれなかったようだ。

死産のあと、私たちは私の仕事の合間をはかって郊外に出、いわゆる名所旧跡のたぐいを見てまわって気晴しをした。これから行こうとしている嵯峨野も、そうして歩いたうちのひとつだった。

以前ふたりできたとき、野々宮神社で光恵は、子供がさずかりますように、と木の札に願いごとを書いた。私にだまって見せるとうず高くつまれた願かけの山に静かにそれを置いた。

光恵のうなじを見つめたまま死んだ陽美のことを思い浮かべていた。負い目があった。

竹林の中の白い道を歩きながら私たちは無言だった。両側の竹や笹には人をよせつけないような清冷さがただよっていた。

光恵は私の不安にすでに気づいてはいた。

「すこし考えすぎじゃない」

たしなめるように言った。

竹や笹が初秋の陽光を充分に含んだ風に心なしかそよいでいる。ときたま若いふたり連れが私たちを追いこし、またすれちがった。自転車でめぐっている観光客もいた。すがすがしい顔に出会うと安堵した。

生まれてすぐに死んだ児を水子と呼んでいいのかどうかはわからない。光恵がその点、わりとあっさりしていて次の妊娠を心待ちにしているのにはおどろくこともあったが、それは早計だろう。光恵は私以上に身も心も傷つき、胸中も疼き、苦悶を外に出さずにこらえているにちがいない。

光恵が慰安を得るには子供を無事出産する以外に道はない。明白なほど明白な事実が、しかし、かえって私を内にこもらせ、性愛から「愛」がいつのまにか抜け落ち、交わりだけになってしまっている。光恵の受け入れ方で微妙に感じとれた。

〈愛〉のない交接の方が、こと生殖には向いているかもしれない。

バスは松尾橋を渡って進路を北へとりはじめた。京都の西のはずれの山のふもとをゆっくりと走っている。客は途中でほとんど降りてしまっていた。空は青く晴れわたっている。大堰川の水が川底にかすれた音をたてているかのように流れていた。どこで降りようかとまだきめかねていた。バスは嵯峨野をぬけて大覚寺まで行く。渡月橋で下車して嵯峨野に入るのがおきまりの観光コースだが、そうしたくなかった。厳寒の今、観光客がいないのはわかっていたが、野々宮神社に至るまでの道をひとりで歩くのは耐えられないような気がした。

釈迦堂前まで乗っていこうと思った。


非常勤の講義から疲れて帰ってくるといつになく光恵の顔は明るかった。

「子供ができたらしいの」

食卓につくなり言った。

ふたりでおそい夕食をとりながら、私も嬉しかった。

「あの御札のおかげだわ」

とにかく養生してくれるように頼んだ。

光恵の表情は生きいきとしていた。

「こんどこそは」

こちらも、そうだ、と相槌を打って微笑み合った。

ふたりで描いた楽焼の大きな皿にはお祝いと思しい料理が盛られていた。今ごろ気づく疎さに自分ながらうんざりしたものの、思い出のそれは妻が五重塔を、私がその背景に山を二つ三つ描きそえた簡素なものだった。

冬の日の今日、楽焼きのその店はあいているだろうか。

釈迦堂で降りるとき乗客は私ひとりになっていた。バスがはなれて行くのを見送りながら山の方へと足を向けた。

オーバーの襟を立て首をうずめて歩いた。道が凍結していて革靴は何度もすべった。果たしてその店はしまっていた。妻と来たときはこの店で時間をとりすぎてそのさきを散策することができなかった。ゆっくり行こうと思った。東の方に枯れた色の山並みがくっきりと望めた。

ゆるやかな坂道をのぼりきったところに化野《あだしの》念仏寺の質素な構えがあった。

門をくぐると一面石仏の原であった。顔かたちのはっきりとしない、すりきれて涙であらわれたように黒っぽく光った小さな無縁仏がささやきあうように展がっていた。冬の陽を浴び、からからにかわいた石の肌を風にさらしていた。

光恵といかずじまいであった寺が此岸と彼岸との境の景を宿しているのだ。石仏は秩序立って幾列にも並んでおり、生者を圧倒しそうな重たい寂しさを秘めている。

膝ほどの高さの石仏の原を歩いた。靴の音が死者の沈黙にすいこまれていった。

朝、光恵は私を起こして鴨川の川辺へと散歩に誘った。机に向かうまえの小一時間はもっとも大切な睡眠時間であったが、いぎたなくもついていった。

光恵は古都の冬の寒さなど気にせずにほがらかに話をし、生まれてくる子の将来を早口に喋った。だまってそれに耳をかたむけていたが、こうした光恵は、だんだん自分からはなれて行くような思いにかられた。

ふたりはベンチに腰を下ろして、靄がかった川の流れに目をそそいだ。色づいた葉も散り、紅葉や黄葉が散在して色めいていた道も今では白くほこりっぽくなっていた。

この小さな仕合わせが苦しかった。また子供ができるとかできないとか言って騒いでいた頃の方が、たとえ妻は沈んでいたにしても、今思えば愉しかったのではなかったか。幸運がつづくことに耐えられず、幸福というものに囲まれてむしょうに息苦しかった。

「子供、ちゃんと生まれてくるかなあ」

私が呟いた。

光恵は変な顔をした。五体満足な子供が私たちにさずかるのがおかしいように思われた。何かがおこらなければならない。でなければ私が私でなくなってしまう。

「縁起でもないこと言わないで」

そしてじっと見つめた。

「お願い、もっとしっかりして」

私の眼差しは不安に彩られていた。一方、光恵の目には光が宿り、もう母性をしっかり取り戻し、生まれてくる赤ん坊に対しての責任感にあふれていた。

そんなにおまえは愉しいのか、と内心思った。

「今度は三人で嵯峨野へ行きたいわね」

「ああ、できれば……」


それから外泊することが多くなった。マンションに帰って光恵の満ちたりた顔を見るのがいやだった。ひとりでビジネスホテルに泊まりつづけた。光恵には、出版の用事で上京する、と嘘をついた。

夜、ホテルから電話することもあったが、ある晩夕食後ついふらふらとマンションへの道を歩いていた。所在なげになって電話ボックスに入り、光恵に電話をかけてみようと思った。そこはマンションのすぐ前であり、見上げれば四階のわが家が、さらに窓のそばにすえつけた受話器をとる妻の姿が影絵となって映るはずだった。

数字を押しながら、言い知れぬ胸騒ぎがした。二、三回のコールで窓辺に黒い影ができた。

「僕だよ、元気かい?」

「きょうね、お腹の中でうごくの、手でさわってわかるのよ」

「あした帰るよ」

「ねえ、康人さ……」

受話器をかけ、窓辺に目をこらした。影は片手をあげたまましばらく動かず、それからゆっくりと下ろされ、影じたいもしぼんでいった。

ボックスを出て黙々と歩きつづけた。自分がいかに卑劣なことをしているか熟知していた。光恵の愛情をためしているのではもちろんなかった。しかしもしさっきの電話に光恵が出なかったら、と考えると背筋が寒くなり、そうなったらもうおしまいだと思った。私はけっきょくは信じていないのだ。自分に自信がないのだ。

夜の京都の山々は空にとけなずんでその姿がわからなかった。

ネオン街に背をむけて鴨川をのぼっていった。暗い空気の中で京都は盆地ではなく平野になってくれる。それがありがたかった。

翌日家に帰ると光恵が他人事のように言った。

「いやなら堕ろしましょうか。まだ間に合うかもしれないわ」

「それはいけない。それにいまさら」

「だってひどいわ、卑怯よ」

卑怯？　声には出さずに口を動かした。そうだ確かに私は卑怯者だ。

嘘をついて外泊していることが見破られたのであろうか。

「何よその目つきは、何する気よ」

光恵の肩をいつのまにかおさえこんでいた。身をよじってのがれようとした。なおさら手に力が入った。

「お願い、どうしたっていうの」

妻の目に涙が浮かんでいる。私は口をあんぐりとあけたまま項垂《うなだ》れ、光恵の胸に額を押し付けた。言葉が出ず、ただやたらと溜息だけがもれた。


光恵が青い光を身内から発していた時期を思い起こしていた。あれは何だったのだろうか。当時、ピエートロの唱える〈天啓《イルミネイション》〉と結びつけて光恵を納得させようとしていた自分の無責任さが蘇ってきた。私にもわからなかった。ピエートロの〈天啓〉も、彼独自の内的表出だったかもしれない。そのふたつを無理やりつないで光恵を安心させようとしたのは私の一計にすぎなかったのではなかったか。

最近、私も青い光を感ずることがたまにあった。光は私の裡に点《とも》った。夢の中でそれを見ている私がいた。自分にとっての〈天啓〉だろうか、と勘繰ったりもした。

人間性と調和するものならなんでもこの〈天啓〉が代表している、とピエートロが書いていた。しかし私にはもうその人間性が希薄になっている。光恵に卑怯者と罵られた男がどこに自分の人間性を求めればよいというのか。私の〈天啓〉は、ピエートロの言う〈天啓〉ではなく、単なる夢の中の変色に過ぎないにちがいない。錯覚でしかもう自己を保てなくなっているのだろうか……。

小さな祠堂の傍らを通って小径を登って行く。両側は竹林で、斜め上に冬の陽が浮いている。途中径は二手にわかれていたが、曲らずに進んだ。

行き着いたところはたいらになっていて墓地になっていた。自家用車が一台駐車していた。真新しい墓が幾列にも並んでいる。

退き返して岐路からべつの径に入ってみた。その径のさきは角倉素庵《すみのくらそあん》の大きな墓石でふさがれていた。無縁仏とはべつな仏たちが上手の方に安らいでいるのがおかしく、興ざめをおこさせた。

坂を下りてさきほど通り過ぎた祠堂をくぐってみた。

セルロイドのキューピー人形がいきなりこちらをねめつけた。その棚の下に静かに目をとじた地蔵尊が端坐している。まわりの壁にはおもちゃや菓子、幼児用カバン、肌着、などの赤系統の品が掛けられてあった。

水が引かれてあって地蔵尊の前の石の鉢に音を刻んでいた。入口の方には絵馬が何枚もつるされてあった。

ごめんなさいゆるして下さい
空を見せてあげられなくて……

私は水子地蔵に面していた。陽美も空を見られなかった。二度目の児も、と訳もなく光恵の名を呟き、頭を垂れて両掌を合わせた。

光恵は悪阻《つわり》がひどかった。痩せ型の妻の背中をさすってやった。しかしそうしながらも、もはや自分と妻とは一体にはなれないのではないか。このまま悪阻がつづいたとしたら、ひょっとして妻をふたたび受け容れうるかもしれない。

光恵はすっかり疲れきっていた。私もあまり家に寄りつかなかったが、ある日帰ってみると、入院します、と書き置きがしてあった。

私は安心した。見舞いに行くと蒼白い顔の妻は、妊婦にしては異常なまでに痩せ衰えていた。食べものを摂らなくなったという。

なぜかわからないがはげしく叱った。光恵はうらめし気な目で私を見上げた。くぼんだ眼窩に涙がたまり、目尻に流れた。妻の手を握った。冷たく、骨をつかんでいるように掌の中で萎縮した。

「康人さん……退院したら地蔵寺にお参りに出かけましょう。連れて行ってくれる？　しばらく陽美にも会っていないし、あのお寺の子安地蔵の頭にまた触れてみたいの。今度こそ、あの漢字の通りに生まれてきてほしいの」

「ああ、いいとも。陽美にお腹の児のことも知らせてやりたいしね」

「怒っている、勝手に入院なんかして……」

「いいや、僕の方に非がある。ごめん。怯えていたんだ」

「でも、これで気が済んだんじゃないかしら」


私は備え付けのマッチをすって、棚に置かれてあった線香に火をつけた。火は赤から青へとうつろった。ふと、〈天啓〉かと思ったが、内部に外と呼応するものが何もない今の自分に〈天啓〉が訪れるはずがなかった。私は『自伝』を紙袋から抜き出して棚の上にそっと供えた。キューピー人形が気のぬけたように私の仕草を見守っていた。線香の煙が宙に水平にたなびいた。

外に出た。空に雪が散っている。無縁仏のあいだをまた歩いてみた。地蔵寺にふたりで報告に行ったにしても、どんな児がどんなふうに生まれてくるのか、私にはよくわかっていた。

坂道

箱は兄が見つけてきてくれた。前庭で待っている私の前まで息を弾ませてかかえてきた。顔が箱にすっかり隠れてしまっていて、兄は箱の横から顎を出して、ときによろめきながらやってきた。

「こんなのでいいか」

箱を下ろすと紅潮した首筋に流れ出た汗をぬぐった。

「うん」

鉋《かんな》のかけられていないささくれ立った板で作られた直方体の箱が目の前に置かれた。

「どこで見つけたの」

「トミヤマでもらってきたんだ」

トミヤマとは一丁先にある人形店だ。

「人形の材料を入れておいたやつだろう、たぶん。たくさんあって、分解して焚き付けにするらしいんだ。それなら一個くれって言って持ってきた。こんなもので守《まもる》は何をするつもりだ」

「犬小屋を作るんだ。野良犬が多いでしょう、ここら辺。小屋をこしらえて道に置いておいたらすみかにすると思うんだ」

「鳥じゃあるまいし」

「鳥は父さんが前に試して、うまくいったよ」

私は父が前庭に生えている銀杏の木に巣箱をかけて、雀を棲みつかせたことを言った。

「あの頃はおやじはそんなこともできたんだったたっけな」

兄は少し禿げ上がった額に皺を寄せ、ずり落ちてきそうな眼鏡の柄を指で押し上げた。

私は佇む兄の右手に植えられている銀杏の木を見上げた。真下からは見つからないが、父が梯子をかけて大枝によじのぼり針金でとめた巣箱は幹の向こう側に今でも取り付けられてある。雀の出入りを私は目撃していた。

「きょうは麻《あさ》ちゃんは来るの」

箱の側面に手を当てながら訊いた。

「たぶん寄ると思うけどな」

兄は宙に視線を流して素気なく応え、仕事があるから、と踵を返して事務所の中へ戻っていった。兄の事務所は銀杏の木の蔭に建っている。家の敷地の北西の角に事務所があり、そのこちら側にある門柱に被さるように銀杏が生えている。

タイプ印刷を営んでおり、事務所の隣にはこぢんまりした住居もある。タイピストが植草《うえくさ》さんという女の人で、その人の娘さんが麻子といって、私と同い年だった。

のこぎりや金槌はもう用意してあった。

私は木箱を今一度しげしげと眺めて作業に取り掛かる見当をつけた。まず側面に入口となる穴を開けねばなるまい。大きさはちょうど私がしゃがみ込んでくぐれるくらいのがいい。底板は剝ぎ取らずに打ちつけたままにしておこう。犬の尻が冷えたらかわいそうだし、私が丸まって入った場合、床がなく直に地べたに坐り込むようになったらいやだからだ。

小屋の塗装は色紙でやろう。はじめに新聞で葺《ふ》いてその上に色紙を貼るのだ。色紙は宝箱の中にたくさんしまってある。何年もかけて集めたもので、デパートの包装紙が主だった。

底板を上にして、膝立ての姿勢でのこぎりを入れた。おが屑がのこぎりの刃元から湧き出るように、砂さながら地面に落ちていった。傷のつけられた板は生臭かった。板は薄いために微妙に顫《ふる》え、左手でその部分を押さえつけねばのこぎりがぶれて、うまく切り進まなかった。

箱は何枚もの板をはめ合わせてあり、人が入れるくらいの穴を開けるには数枚切り落としていく必要があった。

「守ちゃん、何をやってるの」

「母さん」

振り返った目の前に母が立っていた。手に紙袋をかかえている。

「なんの箱」

「犬小屋さ。病院に行ってきたの」

「そうよ。お父さんのお薬もらってきたんだわ……。そんなもの作って……」

「野良犬にも小屋が必要でしょう」

「寄りつくかしら」

「だめかな……。色紙も貼るんだけどね……。もし失敗しても、僕の基地にするからいいんだ」

「この箱はどうしたの」

私は兄に頼んで探してきてもらったと言った。

「植草さんは来ているかしら」

「うん、たぶんね。毎日来ているはずだよ。どうして」

「いいえ、何も。ただ訊いてみただけよ」

そう母は応えると、箱のまわりをぐるっと一周して、

「もっと陽の当たるところでおやりなさい」

銀杏の木蔭にすっぽり入ってしまっていることに気づいた。初夏の午後の太陽が、銀杏の木のはるか彼方にあった。箱を日なたに引き出した。板が地面と擦れ合って小石がぶつかり合う硬い音が立った。

作業を一時中断して、家の中に入って行く母についていった。玄関は前庭の奥まったところにあり、扉を開けると階段になっていて私たちは二階に住んでいた。一階は事務所を貸していて、五社くらいの店子《たなこ》が入っていた。わが家の玄関の横に店子用の入口がついていた。だから前庭は庭というよりも通行するための道といった方がよかった。じっさい玄関や入口までは舗装されていて、よい遊び場だった。

二階の扉を開くと、入ってすぐ脇の台所の食卓に向かって父が腰をかけていた。茶を淹れたらしくて湯吞み茶碗が右手側に置かれていた。湯気が立ち昇っている。

白髪がぼさぼさに乱れていた。

「あら、起きていて大丈夫ですの」

母が薬袋を食卓の上に載せて言った。

「お茶を喫みたくなってな」

父は湯吞みの方を顎でしゃくった。

「なるべく起きていた方がいいと思うよ」

「父さんもそう考えてる」

父の右手が動いて湯呑みをつかんだ。甲に散らばっている茶褐色のしみが見えた。しみは私が気づいた頃にはもう何年も前からそこに生えているような感じでついていた。父は七十歳の誕生日を一昨日迎えたばかりだった。

「病院は混んでいたか」

「いえ、午後はいつもすいています」

薬袋の中を覗いている父を見ながら、エプロンをした和服の母は袂をエプロンの腕の中に上手にたくし入れた。

私は奥の部屋に宝箱を取りに行った。新聞紙は用済みのものが台所の隅に重ねられてあった。宝箱の中には画鋲と糊も入っていた。

台所を通ると父はさっそく薬をお湯で服《の》むところだった。四種類ばかりの錠剤を食卓の上に並べて、ひと粒ずつ掌に載せた。そして口をふさぐようにして掌を口許に被せて、つづいてすぐに湯を含んだ。

湯を口の中で音を立ててころがしてごくっと呑み込んだ。父の頬が膨らみ、へこんだ。この音が大嫌いだった。父は牛乳を飲んでもこれをやった。口の中を洗っているような気がして、洗うのなら歯磨きのときやればいいと思ったからだ。

母は流しに向かって洗い物をしていた。父と母が台所にふたりそろっていることは最近では珍しかった。

私は古新聞紙の束を取ると表へ出た。前庭の先、門のところに小屋はあった。陽を浴びて箱が白っぽく光っていた。

まず糊を塗ることにした。指の腹に棘がささらないよう注意して、板に糊を押しつけていった。伸ばすときに少しでも厚みを保たせようと糊の山をゆっくり崩しながら慎重にやった。天板と側面の上半分だけに糊をつけ、新聞紙を貼っていった。ところどころ丸く黒ずんだ新聞が箱を被った。糊のにおいと木の香りが混じり合って咳き込みそうになった。

「守君」

名前を呼ばれたので振り返ると、麻子が立っていた。

「犬小屋、造ってんの」

「わかる」

「うん」

麻子はランドセルを背負っていた。彼女の通う小学校は郊外にあって、授業が終わってからやってきたのだ。

「隠れん坊もできるわね」

「そうだね」

私は相槌を打ちながら、麻子とふたりで小屋の中に潜んでいる自分を想い描いた。

「色紙を貼るつもりなの」

「そうだよ」

「手伝おうか」

麻子はランドセルを下ろして銀杏の木の根元に置くと、わあ、たくさんある、と宝箱の中を覗きながら声を立てて、紙を取り出した。四つ折にしたデパートの包装紙を開いて、私が新聞紙の上に糊を塗るのを待った。

今度は楽に糊は広がった。

包装紙を皺を伸ばして貼った。

紙の向こう側の隅を付着させるとき、麻子が身を箱の上に乗せるようにし胸を天板に合わせると、スカートが少し上がった。私は肉付きのよい内股に視線を集中させた。

天板に色紙を貼り終えると、今度は側面の上半分の番だった。虹の七色にしよう、とそれに近い色を一枚ずつ並べた。運動会の万国旗の感じだった。

出来上がりを麻子と並んで見た。

「こんなもんかな」

「犬、寄ってくるかしらね」

麻子は首をかしげ、下を向いてくすっと笑った。

「来るさ、絶対に」

私はちょっと不愉快になって麻子を睨みつけた。そして、犬には美的感覚はない、と言おうとして思いとどまった。あやうく、こちらから小屋の不出来を認めるところだった。

私は小屋を銀杏の木の傍らに押していって、道に面して置いた。その間に麻子はランドセルを背負った。

「もう行くわ。またね」

麻子は手を振ると小屋の前を横切って事務所の扉を開けて入って行った。

小屋の中に入ってみることにした。中は薄暗くて湿っぽかった。両膝を立てて膝頭に顎を載せて、入口から外に視線を流した。

道行く人の靴しか見えなかった。車のタイヤしか目に入らなかった。貝殻を耳に当てたときに聞こえる音に包まれている気がした。犬は寄ってきて棲みつくだろうか。

日曜日の朝早くに犬小屋を調べにいくと、植草さんと麻子が兄の事務所から出てきた。ふたりの後ろから兄もつづいて現われた。私はなぜか見てはならぬものを見たような気がしてバツが悪く、小屋の中を覗くふりをして、なんとかその場を保とうとした。小屋に犬は入っていなかったので、いないいな、とわざと声に出してみた。

すると麻子が、おはよう、と言った。

私は、やあ、と照れ臭そうに手を上げた。植草さんが、おはよう守ちゃん、と言い、兄も、守早いな、とつづけて、すぐに視線をずらした。

三人は私の前を通って本通りの方へ歩いて行った。

兄の手狭な住居を思い浮かべていた。そこはベッドとソファだけの長方形の部屋で、事務所に小判鮫のようにくっついているだけだった。三人はそこでどうやって寝たのだろうか。

家に戻った私は、父や母に三人のことを告げていいかどうか迷った。三人は親子のように私には見えた。

知らぬまにわが家と較べていた。三人で外出することなど、病気の父のことを考えると、思いもよらなかった。年格好もわが家は不揃いだった。七十歳の父、三十八歳の母、十歳の私、という組合せは親子でなく、父、娘、孫の三世代の取り合わせだった。私は兄が父ならばどんなにいいかと何度も思った。兄は母と同じくらいの四十歳で、私の父とみなしても年齢的にはおかしくなかったからだ。

あるときこんなことがあった。

放課後、隣のクラスと野球の試合をするときに審判が必要になった。前日そのことがクラスで話題になると、私が、いい男《ひと》がいる、と手を挙げて一任してくれるよう頼んだ。念頭に兄がいた。兄の仕事は好きなときに抜けてこられるように思われた。それに兄は野球が好きだった。

当日、兄は伝えておいた頃に小学校のグラウンドにやってきた。私は級友たちに、この人が審判をやってくれるんだ、と紹介した。兄は全く疑いを持たれずみんなに受け容れられて、試合は支障なく進んだ。

試合が終わって兄が帰ったあと、田所が近づいて来て、さっきの人、君の何？　と尋ねた。すると加藤も安部も寄ってきて同じことを訊いた。

私は何食わぬ顔をして、兄ちゃんだよ、と応えた。すると級友たちは口をそろえて、あんな大きな兄さんがいるの、と訝しげな声を上げた。

しまった、と一瞬思った。私は自分の家の家族構成が見透かされてしまった気がして怯えた。あれが兄なら父は老いている、という被害妄想的な連想が生じた。

父さんだよ、と言えばよかった。ならば何も問題は起こらなかったはずだ。しかしそれにしては野球の間中ちょっとよそよそしかったな、と思われた。

言葉に詰まりながらも、間を置いてから、嘘にきまってるだろう、うちの近所のおじさんだよ、と言った。なんだそうか、と級友たちは納得して離れていった。

そのあと私は兄と父に心の中で謝った。

兄と植草さんと麻子の組合せはこの点何も心配はいらなかった。羨ましかった。

昼すこし前に兄が洗濯物をかかえて家にやってきた。兄の部屋には洗濯機がなかった。兄はいつも外食で、部屋にも台所のような水まわりの類いはいっさいなかった。

週一回洗濯にやってきて、その折父や母と話をしていくのが日課のようになっていた。兄の洗濯にはいつも私が付き合った。洗い物を洗濯槽の中に落とすと、饐《す》えた臭いが立った。これが兄の体臭だと思った。水を注ぐと洗い物が水に埋もれていくに従い、異臭は消えていった。兄は多少多めに匙に三杯分の洗剤をまいた。粉が舞って私はくしゃみをした。スイッチが入り、水は埃っぽい濁りを見せながら渦巻き出した。

洗剤の粒子の青さはまたたく間に土色に変わった。汚れているんだな、と思い、兄の顔をうかがった。兄もじっと小さな濁流を見下ろしていた。

「きのう、麻ちゃん、泊まったの」

渦巻を見ながら訊いてみた。

「……そんなところかな。今度、守もいっしょに旅行にでもいかないか」

思わぬことを兄が言い、驚いて兄の顔をまじまじと見つめた。兄は旅行だよ、と口を小さく動かし、目を見開いてちょっとおどけた表情をした。

「植草さんと麻ちゃんとっていうこと?」

「そう、四人でだ」

「……ふーん」

一瞬考え込んだ。どういうことなのだろうか。とっさに思い浮かんだのは、四人だとどこから見ても親子だということだった。

「どこへ行くの」

「まだわからないけど、夏休みに行こうって相談してるんだ」

兄はにやにやしながら私の頭に手を置いて、力をこめて押しつけた。その拍子に舌が出た。どうしてもついて行かねばダメな気になった。

洗濯が終了すると排水してすすぎにかかった。水を出しっ放しにして洗い物を回すのだ。

母は台所で昼食の支度をしていた。私は洗面所に兄を放って、母に旅行のことを言いに行った。

母は、へえ、そお、と目を丸くして、口を尖らせた。母はよくこうやってひょっとこの真似をした。意外なことやびっくりしたことが起こると示す反応で、私は野卑な感じがして嫌だった。

口だけでなく、両手を蛸のようにくにゃくにゃさせて踊る仕草も加わった。掌を上に向かせてエプロンの母はおどけた。

こうした母を見て許可はとれたと思った。

母は兄の分までそばを茹でていた。

そばを啜りながら兄は父の寝ている和室の方を親指を立て、指した。

「どうなんです、このごろの様態は」

母は箸を止めて、

「一時期よりよくなったわよ。だんだん暖かくなってきたからかしらね。失禁も少なくなってきたし……」

「どこか温泉にでも行って療養してくればいいのに」

「そうね、でもひとりでは無理でしょう。私は家を空けられないし。守を付けてやるわけにはいかないものね」

「じつはちょっとおやじに話があって、気分のよいときにでも小一時間、無理ですかね」

「何なの、話って」

「事務所を独立させたいと思いましてね」

「……それ、どこかべつの所に会社を構えるっていうことなの」

母は念を押すように尋ねて、探るような視線を兄に向けた。

「まあ、そんなところです」

兄はどこかバツの悪そうな顔付きになって、そばを箸に絡めた。私はふと兄が植草さんと結婚するのではないかと思った。そしてその思いつきを口に出そうとすると、母が、

「お父さんに話をしておくわ。……お金がかかりそうね」

私は口をつぐみ、母の強張った表情を盗み見た。

母は警戒心を強めているふうだった。兄は無言でそばを食べつづけた。私も下を向いて一心にそばを口に運んだ。母も同じだった。そばを口に吸い入れる音だけが鈍く響いた。

仕上がった洗濯物を持って兄が出て行ったあと、母が食器を片付けるのをぼんやりと見遣りながら、兄と郊外に新しくできた人造湖へヂンギスカン鍋を食べに行ったことを思い出していた。

その日も日曜日で、早朝に洗濯をしにやってきた兄は、洗濯が終わったら、ペケット湖園に行ってみよう、と提案した。ペケット湖園のことはテレビの宣伝などで知っていた。市の北の方に新造された湖と公園で、湖畔でヂンギスカン鍋を食べ、そのあとは湖を一周している遊歩道を散策してくつろぐ、という謳い文句だった。街の中心部には湖と林が色鮮やかに描かれている看板が立てかけられていた。

市の北の方にはめったに出かけたことがなかったので行ってみたいと思っていた。それにヂンギスカン鍋を食べられるのが何よりも嬉しかった。好物のひとつでもあったし、野外で囲む鍋はことさらおいしかった。

私はすぐさま兄の意見に賛成し、母に許可を求めた。母は、じゃ、一度先発隊として行ってきてちょうだい、と勧めてくれた。

五十分ほどバスに揺られて昼間近に私と兄はペケット湖園に着いた。結構の人が同時に下りた。目の前に弓形のゲートが建っていて、私たちはそこをくぐり建物の中に入った。受付があり、その向こうにペケット湖が広がっていた。風に湖面がさざ波立っていて、ボートも浮かんでいた。早く湖畔に出たかった。

二十名くらいの人たちが建物の中に入り終わるのを待って、背広にネクタイの中年の男の人が受付に現われた。ようこそと挨拶し、つづけて入園料、料理代、ボートの貸し代などを、湖園の建設の由来と絡ませながら説明した。莫大な経費を投じて造成したために客に高額を要求して申し訳ないが、そこを曲げてご理解してほしいというものだった。

みんな呆っ気にとられて聞いていた。棒立ちのまま、高すぎるともらしている人がほとんどだった。せっかく小一時間もかけてやってきたのに、とこぼす人もいた。そういう声は背広の男にもちろん届いていたが、男は視線をずらすことなく、むしろみなを見下すように構えていた。

金のないものは入れない、だからヂンギスカン鍋も食べられない、という単純な論理だった。

兄は財布の中を調べて、ちえっと舌打ちした。目が合うと、ダメだと首を横に振った。私も、ちえっ、と吐き棄てた。

たいていの人は引き返していった。バス停には先刻のバスが待っていた。私たちも戻りはじめたが、そのとき兄が、急に私の手を引いて、受付まで取って返した。

兄は背広の男に、自分の家は春来《はるき》と言って、市の中心部にあって貸ビル業を営んでいて怪しい者ではないこと、お金は後払いで所定の処へ支払うから、入園させてもらえないか、と口説いた。私はびっくりしたが、市の中心部で時計台のすぐ傍らに家と土地があるという言葉には、私ですらそれをひとつの誇りに思っていいという自負が萌してきた。しぜんと相槌を打って、男の反応をさぐった。

男は兄を見、私をじっと見つめて、しばらく思案したあと、いいでしょう、と案外すんなり承諾した。そして、代金は四丁目の増村帽子店に支払って下さい、と付け足した。増村帽子店なら私も知っている札幌市で一番大きな帽子店だ。そういえばペケット湖園の看板はその帽子店の前に立て掛けられていた。増村帽子店とわが家とは五百メートルも離れていなかった。

こうして私と兄は湖畔でヂンギスカン鍋を食べ、湖畔を散歩し、ボートにまで乗ることができた。

兄の機転を素晴らしいと思ったと同時に、意識しなかった、たいして立派でもない家屋のわが家とその立地する土地の値打ちを思い知らされた。

肉を頬張りながら兄が、あそこは一等地だ、と誇ったが、その口調にゆるぎはなかった。

「守、これ、お父さんのところへ持っていってちょうだい」

母の声に私は我に返った。母が盆におかゆを載せてこちらを向いている。私はとっさに、

「父さんに起きてもらったら。僕が連れてくるよ」

もし私がおかゆを運んでいった場合には、父を寝床から起き上がらせて食べさせねばならず、面倒だった。父にそれほど介抱が要るとは思えなかった。顔色も悪くないし、咳をするわけでもなく、熱があって休んでいるのでもなかった。それなのに父は一日の大半を横になって過ごしていた。

ただ寝ているよりも起き上がって歩き回っていた方がかえってよいのではないか。

父は目を開けていた。

「お昼の用意ができたから、台所へ行こう。……起きれる？」

「……ああ、大丈夫だ。最近は調子がいいんだ」

父は腕を突っ支い棒にして上体を起こすと、手を私の方に差し出した。私はその手を引っ張った。父は起《お》き上《あ》がり小法師《こぼし》のように立ち上がった。意外に軽かった。

そのまま父の手を引いて台所に向かった。

「あらあら、とうとう連れてきてしまって」

椅子にどっかと腰を落とした父を見て母が呆れた。父の前におかゆが出された。

「父さん、お腹が悪いの？」

「いや……」

「じゃ、どこが？　なぜ一日中寝てるの。元気そうに見えるけど」

「お父さんは、いろいろと悪いのよ。寝ているのがいちばんなの」

母が私を窘《たしな》めた。

「守、今度病院に行くとき、いっしょについてきてくれないか」

父が口におかゆを含みながらぼそっと言った。

「いいよ」

即座に応えた私に、母が、しっかり手を引いて上げるのよ、と言い添えた。


その日はわりと早くにやってきた。

父は寝巻きから背広上下に着替えてシルクハットを被って、杖を持った。私はその横に立った。

父は白髪のうえ、白い顎髭を生やしていた。背を丸めて一歩一歩確かめるようにして歩いた。

私はひとりで先を行かぬよう充分注意して父の歩に合わせた。

山羊を連れている牧童が連想された。碁盤の目に区切られた市街地が緑の牧草地で、そこを六十歳も年齢の差のあるふたりがゆっくりと進んで行くのだ。自分たちが空想物語の主人公になったような気がしていた。父は老いた賢者で私はその若い弟子で身の回りの世話を引き受けている。

父が老いていることが生理的に嫌な私も、父が賢者だと認められた人物であるとなぜか安心した。私も弟子という役割を与えられ、その枠内にいることで不思議と自由を得ることができた。

父は歩いている最中に老賢者よろしくいろいろな注意をした。信号では青に変わるまで絶対歩き出してはいけないとか、歩道の車道側は自動車が危ないし、内側は家の階上から何が落ちてくるかわからないから真中を歩くようにとか、歩道を走ってくる自転車にぶつかると容易でない怪我をするからぼうっとして歩くなとか、杖をつきながらとつとつと話した。

父はもともと心配性だったのかもしれない。それは無類の薬好きだったことからもわかる。父が床に伏せる生活に入る前のことだが、朝昼晩と柿の種を頬張る要領で錠剤を含んでいた。種類も多岐にわたっていたようで、いろいろな色の粒が父の掌に載せられた。

どうしてそんなに服むの、どこが悪いの、と尋ねると、病気にならないために予防用に服用している、と応えた。なるほどとそのときは納得させられたが、あとで何か変だなと思った。

父の様態が悪いのはきっとからだに異状がないときに余計に薬を服みすぎたからではないか。しかしそれを口に出しはしなかった。父は本格的に病院通いをしはじめてからも、いぜんとして薬を服みつづけた。それに量も以前より随分と多くなっていた。

父の傍にいくと肌に薬のにおいがしみついているようで、ぷーんと異臭が立った。それはおしっこのにおいでもあるようだし、吐瀉物に絡みついた胃液の酸味の強い悪臭のようでもあった。父の横を歩きながら私は絶えずそのにおいを意識していた。肌からだけでなく吐く息からも感ぜられた。父が言葉をかけてきても、顔をそらせて聞いた。

病院に着くと私はほっとした。無事辿り着けたという安堵と、父のにおいが院内独特の消毒臭と中和されて、消えてしまったからだ。

午後の院内は閑散としていて、私たちは内科の特殊外来というところで受付をした。父の病気が特殊なものであることを知ったが、どこがどう特殊なのか見当もつかなかった。

父は廊下の長椅子に股を開いて坐り、杖の頭に両手を置いて、前方の壁を見据えた。

「この長椅子はつるつるしているから滑り落ちないよう気をつけなさい」

足が床に届かずバタバタさせていた私に父が注意した。長椅子は黒光りする革張りだった。深く腰かけると背と尻が同時につるんと滑った。私は両手で滑りを抑えて足を宙に浮かせていた。

「守、良彦から旅行に誘われたんだってな」

父が振り向かずに言った。

「うん。夏休みに。植草さんと麻ちゃんも」

「どこへ行くんだ」

「知らない……。ねえ、植草さんと兄ちゃんは結婚するのかな」

「守はどう思う」

「朝、いっしょに事務所から出てきたよ。仲いいんじゃないかな」

「父さんは……結婚するとは思えないな」

「……。旅行は行ってもいいでしょう」

「まあ、いいだろう」

不承不承、父は応えたような気がした。

春来さん、と名前が呼ばれて、父は、よいしょ、と掛け声をかけて診察室の中に入って行った。一瞬ついて行くべきかどうか迷って、父とともに立ち上がった。父は来いとも待っていろとも、あえて言わなかった。困った私に、呼び出しのために廊下に現われていた看護師が、坊やはここで坐っていて、と言葉をかけてくれた。そうか、と納得して腰かけ直した。

十五分くらい経っただろうか、父が診察室から出てきた。からだ全体がひとまわり縮んだようになっていた。

「どうしたの」

思わず声に出た。

父は息を荒く吐いていた。目許が赤く腫れ上がっていて、左手に会計箋をだらしなくぶら下げ、右手を杖にかけていた。頭に被ったシルクハットはどことなく位置がずれていた。何か言われたか、あったかにちがいなかった。

「薬局へ行くから」

か細い声で父が言った。

「うん」

看護師の制止を振り切って父とともに診察室に入るべきだった。

会計を済ませたあと薬局の前で二十分くらい待たされた。四個の薬袋が窓口から出されて、父はうやうやしく受け取った。

家に帰るとすぐに父は床に伏した。母と二、三言かわして目を閉じた。

帰路は無言のままだった。何度か話しかけてみようと思ったが、父の横顔が頑なにそれを拒んだ。

「父さん、きついことを言われたみたいだったよ」

母と台所でふたりきりになったとき報告した。

「検査結果が良くなっていなかったんじゃないかしらねえ……それでショックを受けたと思うわ」

母はあっさりと言って、

「少しからだを動かした方が、気持に張りができていいのよ。守も、そう思うでしょう」

「うん。きょうだって、ちゃんと病院まで歩けたんだし」

「ほんと、そうよねえ」

私はふと父と母と私の三人が川の字に寝ていたときのことを思い出した。つい一ヶ月前までのわが家の寝方で、私がもの心ついたときからずっと同じだった。台所の隣の八畳間に奥から父、私、母の順に並んで寝た。父は夏でも股引きをはいていた。寝巻き姿で、それは母も同じだった。蒲団を敷くのは母の役目で、夏など母は上半身裸体であることが多かった。乳は乳房というふくらみが失せ、乳首だけが犬の鼻のように赤黒く突き出ていた。私がいいだけ吸ったため、すっかり萎んでしまった、と愚痴った。下半身は腰巻きに被われていた。兄がたまたま晩おそくまで家にいるときも、こうした格好で蒲団を敷いた。兄は目のやり場に困っていた。

三人の中では父がいちばん早く床につき、すぐに寝息をたてた。私が二番目で、母はおそくまで起きていたようで、いつもいつ蒲団に入るのかわからなかった。

ある晩、夢うつつの中で父か母のどちらかが、真中の私を跨いでどちらかに移っていった。そんなことが二、三度あった。しかし朝になると三人はきちんと川の字に寝ているのだった。

朝方おしっこをしたくなるようなかゆみにも似た衝動を下半身に覚えるときがあり、とうとう我慢できなくなって緊張を解くことがあった。ああ、たれてしまった、と夢ごこちに思うのだが、股間は濡れてはおらず、かえってぬくもっていた。たれた、と思った瞬間、頭の中をここちよいしびれが走り、沼底に気持よく沈んでいく様が思い浮かんだ。

起きると股間のあたりのパジャマがかさかさになっていて、瘡蓋《かさぶた》をはぐように私はパジャマをぬいだ。いやに頭はすっきりしていて、不要なものがすっかり抜き取られた気分だった。

こんなことがある日には朝方にきまって麻子の夢を見ていた。ふたりは例の犬小屋の中にいっしょに入っていて、小さな出入口から外の景色をうかがっていた。ともにしゃがみ込んで、立てた膝頭の上に両腕を載せ、その上に頬をつけていた。私はときたま麻子の横顔を盗み見ながら、少しずつあとじさり、麻子の背後になんとか回ろうとしていた。しかし狭苦しい小屋の中でそんなことができるはずがなく、思いだけが強く募った。それは麻子の腰に自分の股間のものを押しつけたいという衝動だった。いつのまにか蒲団の中で腰を上下させていた。股間部がむずかゆくなり、瞬間、たれた、と思うのだった。

小学校の高学年にもなっておねしょをしたとは思われたくないので、こっそりと着替えをした。前面が薄黄色に強ばった下着を洗濯籠の底の方に押し込んだ。

麻子が来ていないときでも兄の事務所に遊びに行くことがあった。

扉を開けると、インクと煙草のにおいの混ざった異臭が鼻をついたが、この臭気が好きだった。老人と若い母が住むわが家にはない仕事熱心な男の醸し出す体臭なのだ。

タイプと輪転機が並べて置かれていて、タイプの前にはタイピストである植草さんが坐っていた。彼女は背中を丸め目を細めて細かな活字を確かめるように打っていた。額を丸出しにするように髪を結い上げており、私はいつも玉葱を連想した。肌の色がそれほど濃くないのか赤ら顔なのかわからなかったが、からだの色素にどこか異状があるようで全身がガラスで出来ているふうにも思えた。

兄はその植草さんの背中を正面に据える格好で製図をしていた。机の上には定規やコンパスが並べられていて、筆差には何十本もの鉛筆が立ててあった。兄はこれらで何をしていたのか知らないが、私には図面を描いているとしか思えなかった。タイプ印刷で設計士に似た作業が必要であったかどうかはべつとして、どこか機械的な兄の仕事机に惹かれていた。そこからは何かが創られてくる期待を抱くことができた。タイプの活字を打つ音が、たまに雨だれのように規則正しくなるのを耳にした。

兄と植草さんは仕事中はひと言も言葉を交わさなかった。私も話しかけるきっかけをつかめず、たいていは三十分もすると家に引き上げるのだったが、ときたま兄の友だちがやってきてにぎやかになる場合があって、私は居残って大人の話に耳を傾けた。友だちはいつもふたり組でやってきた。ふたりは丸椅子に腰かけて、植草さんの淹れてくれたコーヒーを傾けながら、兄と競馬の話をした。私にはとても覚え切れない馬の名前がいろいろ出てきた。兄は口許をほころばせて、鉛筆を置いて話に加わった。

麻雀の話もした。三人はとにかく賭け事の話をするのだった。父も母もそうした方面には全く縁のない人だったので、私には珍しい内容だったが、どこかしらいかがわしさもあって好きになれなかった。

兄が実際に競馬や麻雀をやっていたかどうかは知らないが、パチンコによく出かけているのには気づいていた。何度かついて行ったこともあった。台の前に立つと兄は決めたその台を離れなかった。玉はよく入って、玉の盛り上がった青色のケースが何箱も積まれた。チョコレートやガムなどの景品を私はもらった。兄は大部分をお金に換えていた。

パチンコに行ってきた話を母に言うと、眉をしかめた。そして、賭け事さえしなければいい人なのにねえ、としみじみと言った。

夏休みに入る前の日曜日の午後、兄が意を決したような顔付きでやってきて、そのまま父の部屋に入って行った。母と私は台所で兄が私たちの呼びかけにも応えず、つかつかと歩いて行くのを見送った。父はその頃は体調はそれほど悪くなく、終日床に伏しているということはなかった。

母と私は思わず顔を見合わせた。母がエプロンをぬぎ父の部屋に急いだ。私もあとについて行って、戸口で身をかがめて中の様子をうかがった。

父の部屋は六畳の和室で、私たちは茶の間と呼んでいた。ソファも置いてあり、テレビもあった。父と兄は向かいあったソファに腰をかけて話しているにちがいなかった。母はふたりの間に置かれているテーブルの横に坐っているはずだ。

兄は事務所を移転したいので金を融通してくれるように頼んでいた。

「五百万くらいかかるから、なんとか」

「ほんとうに五百万なのか」

父がわりと強い調子で問い詰めた。

「なあ、良彦、五百万のうち、いくらかは借金の返済に当てるつもりじゃないのか」

「このごろ賭け事はやってませんよ」

「ほんとうにそうか」

「ほんとうですとも。新しい事務所の敷金や輪転機の購入に金がかかるんです」

「……知っての通り、春来の家にはそうした現金はないんだ。五百万なんてとても無理だな」

「そこをなんとか」

「ないものはないんだから」

父は断固として言った。

私にはふたりの様子は見えなかったが、父の拒絶にいらいらしている、額に皺を寄せた兄の顔が想像できた。

そのとき母がふたりの間にできた気まずさを解くように割って入って、旅行の話を持ち出した。兄は、釧路にでも行ってくるつもりです、と応えた。

釧路には父の姉の嫁ぎ先があり、兄の従兄弟がいた。兄にとっての従兄弟ならば私にとっても従兄弟になるわけだが、私は親子とも年齢の離れている彼らを、おじさん、と呼んでいた。彼らの子供たちが私とは年齢的に近かった。

藤川という名のその親戚は印刷所を経営していて、道東では一、二を争う大きさの会社だった。藤川印刷所で作成された観光ポスターは茶の間にも貼られていた。

「藤川から金を借りようなどとは考えないでくれな」

父が釘をさした。むっとした兄の感じが、三人の間に一瞬生じた沈黙の中から伝わってきた。

父は先妻とは従妹同士で、癲癇《てんかん》もちの彼女を親にむりやり押しつけられたらしい。この女《ひと》との間に生まれたのが良彦だった。

夏休みに入って一週間ほどすると、私は兄たち三人と釧路へ旅行に出かけた。道央の狩勝峠を越えて行くので急行でも六時間ほどかかる長旅だった。

兄の予約してくれた指定席に四人は腰かけた。兄と植草さんが並び、私と麻子が隣同士で、植草さんの用意してくれたおにぎりの弁当を頬張った。さながら親子の図が出来上がって、私はころなしか上気していた。

釧路には父とふたりきりで、また母とふたりきりで旅をしたことが何度かあったが、三人いっしょに行ったことはなかった。私はそれはそれでいいと思っていた。三人だと年齢的組み合わせからして、父がいないことになり、こころもとなかったからだ。母とふたりで出かけた三年ほど前は指定席がとれなかったので、良彦が入場券を先に買って、入線してきた急行にいち早く乗り込んで席を確保してくれた。

釧路駅には従兄弟たちが私たち四人を迎えに来てくれていた。兄は植草さんと麻子を彼らに紹介した。私は従兄弟らの子供たちとの再会を歓んだ。

私たちは藤川印刷所の文字の入ったワゴン車に乗って駅を離れた。

「守ちゃん、明日、工場を見せてあげるからな」

おじの言葉に嬉しくなって、

「麻ちゃんもいっしょに行こう」

さきほどから少ししょんぼりしていた麻子はにわかに元気になって、目を輝かせた。植草さんもなんとなく沈んでいた。ワゴン車の中でも兄たちの話に加わることなく、窓外の景色ばかりに目を遣っていた。

その晩簡単な歓迎会が開かれた。麻子はもうみんなに溶け込んで、子供たちのために設けられたテーブルを囲んで、はしゃぎまくった。

大人たちはすぐ横の大きな食卓に勢揃いして刺身と酒で盛り上がっていた。印刷の話題が主で、機械の名前が次々と挙げられていた。植草さんは手酌をしながら、ぽつんと兄たちの話を聞いていた。

酒宴が終わって食卓が片づけられたあと、私たちは入浴し、宴の行なわれた部屋で寝ることになった。すでに蒲団がのべられており、それぞれ床についた。兄はすぐにいびきをかき出した。私は隣の蒲団の麻子をそっと覗いた。麻子はその向こう側の植草さんの方に寄っていて、後ろ頭だけが見えた。

なぜか気が昂っていてなかなか寝つかれなかった。そのうち浅い眠りの中でずいぶんたくさんの夢がつづいたが、やがてすすり泣くような声が耳に入ってきた。私は目を開けて声のする方に顔を向けた。

暗闇の中に人影があって、そこだけが濃密な色に染められていた。私の横の兄の蒲団の枕許に植草さんが来て坐っているのだった。兄も起きていて、ふたりは向かい合っていた。

植草さんが高まろうとする声をなんとか抑えつける調子で訴えていた。

「私、あなたの何なのよ。何のために私をあなたの親戚に紹介したのよ。みんな私を白い目で見ていたわ。もう嫌よ。私帰るわ」

植草さんは半分泣いていた。

「何言ってるんだ。ちゃんと紹介したじゃないか。気にしすぎだぞ」

「ええ、私はあなたの事務所のタイピストよ。でも私はタイピストなだけ？　いつから春来を名乗るの」

「むちゃ言うなよ……。しようがないな」

兄は植草さんの肩に手を置いて抱き寄せようとした。

「やめて」

「だだこねるなよ」

「どうせ私は……」

「どうせ、なんだって言うんだ」

「もういいわよ」

植草さんは立ち上がると私と麻子の枕許を通って自分の蒲団に戻って、荒々しくもぐり込んだ。

兄の方は、何だい、と口走って、ゆっくりと床に入った。

私にはふたりの言い合っていた言葉は理解できたが、どうしてそうしたことを真夜中に話されなければならないのか納得しかねた。

翌朝、兄と植草さんは何事もなかったような顔をしてみなに接していた。私は面食った。私たちは工場を見学して、釧路を発って阿寒湖方面にバスで向かった。車中で植草さんは生気を取り戻したかのように明るく喋りつづけた。

植草さんが泣いた場面を前に一度私は見たことがあった。それには私も関わっていた。

ある日の午後、事務所に遊びに行くと、兄と植草さんが三時のおやつにケーキを食べていた。植草さんが買ってきたもので私もご相伴にあずかった。イチゴののったショートケーキで紅茶も出してくれて、とてもおいしかった。

ふたりは食べ終わるとすぐに仕事をはじめた。私は皿を重ねたり、紅茶のカップを寄せたりしたが、ふたりの仕事の打ち込みように身の置き場がなくなって、帰ろうとした。そのとき兄が、おばさんにありがとうと言いなさい、とちょっと強い調子で私に言った。

私はそうかと思って、

「ごちそう殿下のおばばくそ」

早口で言うと、外に出て家に戻った。階段を二段飛びで上がって台所に着くと、ふうっと息をついた。台所には母がいた。

「ケーキごちそうになった、兄ちゃんのところで」

「あらよかった。迷惑だったんじゃないの」

母の言葉に三人で息をひそませてケーキを食べたちょっと前の雰囲気が思い出された。兄がいつもと違ってむっつりしていたな、と思われた。

そのとき階段口の扉が勢いよく開いて兄が入り込んできた。私を見つけると、すごい剣幕で、

「守、さっきおばさんに何って言った。この野郎」

声を荒げて私の襟をつかんで、引っ張った。私は簡単に吊り上げられた。兄はそのまま私を引きずって階段を降りた。

「良彦さん、どうしたっていうんです」

母がびっくりして席を立った。

「おばさんは黙っていて下さい」

兄は母のことをおばさんと呼んでいた。

私は強引に引きずられて事務所の中に連れていかれた。そして植草さんの前に立たされた。

「さあ、ちゃんと礼を言うんだ」

兄は私の頭を小突いた。私は靴もはかずにつっ立ったまま泣いていた。植草さんが気の毒そうに私を見つめ、そのうちしくしく泣き出した。

「あやまらないのか、守」

私は鼻水を吸い上げながら、何も言うまい、と頑なになった。ちくしょうと思った。

「強情な子だ」

「もういいのよ」

兄の言葉に植草さんがしゃくり上げながら言った。私は扉のところに行って、扉にしがみついて泣いた。一時間くらい私は涙を流しつづけた。あやまろうとはしなかった。やがて母が来て、母が頭を下げ、私は連れていかれた。

階段を引きずり降ろされたために、半ズボンの脚のすねは青黒く腫れ上がっていた。


秋も深まりもうじき雪でも降りそうなある晩、父と母と良彦の三人が茶の間でおそくまで再び話し合っていた。大きな声は聞こえてこなかったが、近寄りがたい雰囲気が部屋の外まで流れていた。私は眠たい目をこすりながら台所の冷蔵庫の上のテレビを見ていた。とにかく兄が帰るまで起きていなければならない。

直感的に父と兄の対立を感じ、父の味方にならねば、という気持を抱いた。

厚い木の扉が開いて茶の間から煙草のにおいを漂わせて兄が出てきたとき、食卓にうっ伏してなかば微睡《まどろ》んでいた。階段口へと急ぐ兄の後ろ姿をようやくの思いで垣間見た。父や母は出てこなかった。私は眠たくてそのまま意識を失った。

いつのまにか蒲団に寝かされていた。朝を迎えると、茶の間に入って行った。父が火種の絶えた灯油ストーブの横に、いつものように寝ていた。黒色の煙突が鈍色に光っており、私の顔を薄ぼんやりと映し出していた。

ストーブの蔭に父の座卓があり、湯呑み茶碗、眼鏡、虫めがねなどがきちんと並べられてあった。その上方にはカレンダー嫌いの父が年末になると真先に買ってくる日めくりが、めくられぬまま前日の数字を示していた。その横の壁には藤川印刷所の丹頂鶴の観光ポスターが貼られてあった。油絵を写し取ったポスターで、父は人が来るとまずこのポスターを自慢した。ソファの背が、そのポスターの下端に触れていた。母が横に腰かけ、向かいの椅子に良彦が腰を下ろしていたのだろう。

ふたつのソファに挟まれたテーブルに半紙と硯箱が載っていた。後でわかったことだが、兄は遺産の全面譲渡を迫ったのだという。硯にはうっすらと水が張られていたが、墨が流し込まれた気配は見られなかった。

兄が父と付かず離れずの距離を保っていたのは遺産が目当てだったからだろうか。カーテンを通して朝日が射し込みはじめたのを感じながら、私は自分も父の子でありこの遺産争いに加わることになるだろうと予感した。

私の出番は遠からずやってきた。

あの夜から数日たった晩、兄が酒を呑んでやってきたのだ。母は奥の六畳間でかかりつけの按摩に凝った肩をもみほぐしてもらっていた。兄は全身から酒のにおいを発散させながら茶の間の父のところへよろめいて入って行った。扉は開け放たれ、茶の間にもあるテレビの音だけが聞こえてきた。父と兄ははじめは静かに話し合っていたようだ。私は寝るまでの時間をいつものように台所のテレビを見て過ごした。

兄が突然胴間声を上げたのは、私がうとうとしはじめた頃だ。

「書いてしまえ、この野郎」

私はごくっと目を覚ました。そのとき父が茶の間を出てきた。父も強い言葉を吐いていた。顔が真赤になっている。そして家の中をどこへ行ったらよいか右往左往している。私は父を呼ぼうとしたが、茶の間から兄の、逃げる気か、という声に圧倒されてしまった。

兄は壁や扉を伝わりながらふらふらと出てくると、着物姿の父をつかまえてなぐりかかろうとした。最初背後から背中をかかえ込むようにしたが、父が踏んばったので、次に前に廻り胸倉に手をやった。

兄の顔面は酔いもさめたのか蒼白だった。私は恐ろしくなって母を呼ぼうとしたが、奥へと通ずる廊下でふたりが取っ組んでいるので果たせず、ふと台所に目を返したときに食卓の上の果物ナイフが目にとまった。

これだと思い、柄を握ると、兄ちゃんのばか！　と言って飛びかかっていった。

むろん刃先を向けていたわけではない。単なる脅しだった。

兄の方が最初に気づいてまじまじと私を見つめた。

そのときすでに私はふたりの間に割って入っており、兄に顔だけ向けてふたりを引き離そうとした。そして父に背を向けようと向きを変える際にナイフが父の指もとをかすめた。

父の指の付け根を切ったなどと気のつかない私は両拳を兄の胸に当てた。ナイフの先端が兄の喉許を指した。刃に付いている血が目に入った兄は、やったな、と素っ頓狂な声を立てた。

「このガキが」

兄は私を振り払った。倒れた私が起き上がりもせぬうちに背後から蹴った。私の耳には兄の荒立った息の音とともに、父の、うっ、という唸り声が聞こえてきた。

私は背後の様子がわからぬままに心の中で、やった！　と思った。と同時にナイフの血にびっくりして振り返った。蒼ざめた兄の顔とうずくまって指を片手で押さえている父の姿があった。

父の目が私の目と合い、その目がうさぎのように充血しているのを知った。

兄が呆然と私を見下ろしていた。

「おやじ、大丈夫か」

兄が声にならない声で言った。

父の目は涙に濡れて瞬きを繰り返していた。押さえている片手からも血がにじみ出ている。私はこわくなってナイフを棄てた。

そこへ母が現われた。母は出て行く機会をうかがっていたのだ。母は寸時その場の状況が掴めなかった。とにかく薬箱を持ってくると父の手当てをした。兄も手伝った。私は黙りこくって父の指に包帯がまかれていくのを目で追った。

次に母は私の尻をたたいた。兄は両腕をだらりと下げて私たち母子を見ていた。私は泣いた。

「もうそれくらいにしておけ」

父がいらいらした口調で言った。

「こんな、親に刃物を向けてくるような者に金を残してやる必要はないはずだ」

兄は吐き棄てるように言うと帰って行った。

父も母もすっかり憔悴しきっていた。

「寒い、風邪ひくわ」

寝間着姿の母は襟を合わせた。母は素足だった。私も手足がすっかり冷えきっていた。父は傷口が疼くようで片手を包帯から離さなかった。

「痛い?」

「なに大丈夫だ」

父は応え、立ち上がると茶の間に入って行った。母はナイフを台所の棚に収めると治療に戻った。

私ひとりだけが廊下に残された。見上げたところにちょうど父の写真が飾ってあった。毎年六月十五日行なわれる札幌神社の祭りのときに写した、法被《はっぴ》姿のものだった。私はしばらくじっとその写真に見入った。悔し涙があふれた。


せっかく持ち直してきていた父の体調も、こうしたことがあってから再び悪くなりはじめた。終日床に伏していることが多くなった。

私は兄の事務所に行かなくなった。麻子とも遊ばなくなった。

銀杏の木の下に犬小屋が打ち棄てられるようにして置かれていた。何度か雨に降られて、表面に貼られた色紙もぐちゃぐちゃになって剝がれ落ちていた。結局犬など一匹も棲みつかなかった。

二階の窓から見えるその小屋を、母は風呂の焚き付けにすると言った。私は口答えしなかった。

父は枕許に私を呼ぶと、いっしょに釧路に旅行しよう、と誘った。十二月でもう雪が積もっているのにそれは無理な話だった。第一、母が許可をするはずがなかった。

大晦日の夜、父は床の中で、元日の朝は例年通りに早起きして日章旗を立てる、と言い張った。

とてもそんなことのできる状態には思えなかったが、父は是が非でもと考えているふうに見えた。母が台所で正月の支度をしているので、茶の間のテレビで紅白歌合戦を見た。傍らに父が寝ていた。父はじっと天井を見上げていた。

「うるさくない?」

父の顔を見下ろすように尋ねると、

「たいしたことはない。それよりも守、握手せんか」

「……握手?」

「そうだ」

変なことを言う父だと思いながらも、私は蒲団から差し出された父の手を握った。父は力を込めた。顔には微笑が浮かんでいた。

翌朝、私と母は外からの呼び声で目を覚ました。

「おじいさんが倒れています、おじいさんが……」

女の人の声が一階から轟いてきた。母は跳び起きて、階段を降りて行った。私は前庭を見下ろせる台所の窓辺に近寄った。銀杏の木に副《そ》うように立っている門柱の手前に、仰向けになって大の字に倒れている父が見えた。門柱にゆわいつけられた日の丸の旗が寒々とはためいていた。父のからだのまわりは新雪だった。

母が父に近づいて、呼びかけている。女の人も傍らにいる。父は目をきっちりつむっていた。背後では父が焚き付けた石炭ストーブが腹をあかあかとふくらましていた。台所は適度にぬくもっていた。

父はすぐ救急当番に当たっている病院にかつぎ込まれた。母が救急車に同乗し、私はみなの蒲団を上げて母に言いつけられた親戚の家に向かった。なぜか兄の事務所には立ち寄らなかった。


父の葬儀が終わり初七日が過ぎ四十九日の法要が済むまで兄はおとなしかった。毎日仏壇に手を合わせにきた。顔に艶がなく沈んでいた。母と長い時間をかけて話をしていた。以前のように私に声をかけることも遊んでくれることもなくなった。

家には弁護士や銀行員や不動産会社の人など、いろいろな人が出入りして、ささくれ立った感じが漂った。

その後、兄はある時点から姿を見せなくなった。それと同時に私と母は家と土地を売却して、郊外に小さな家を建てて転居した。

遺産問題は私の関わっていないところで法律に遵じて片がついたにちがいなかった。

父の死が何もかも一変させたが、私の中には変わらぬものが尾を引いていた。父は私にとって寝たきりの人という印象が強かったが、兄は少年の私を少年として扱ってくれた唯一の人のように思われた。私を遠慮なく叱責してくれたのも兄以外にいなかった。その兄はもうどこにいるのかわからなかった。


三回忌を過ぎた年の春、すでに中学生になっていた私は夕方学校から帰宅した。その頃母は近所のスーパーで商品の仕分けのアルバイトに出ていて、帰っても家には誰もいなかった。連休明けのその日は玄関口に見知らぬ男が待ち人を待っているかのように立っていた。遠くから見えたその人影は近づくにつれ兄であることに気がついた。驚いて駆け寄った。

「兄ちゃん」

「守か、久しぶりだな。おばさんはいないのか」

「働きに行って、もう少ししたら帰ってくるよ」

「そうか……」

期せずして訝しげに兄を見つめた。母から兄が遺産相続の問題で強引な態度を取ったことは聞かされていた。母はにがり切った表情をしてひどい目にあったとこぼした。私にはだから、詳細はわからずとも兄が危険人物に思われていた。

「家の中に上げてくれるか。おばさんに話があるんだ」

「……うーん」

私は正直に唸った。

「ここで言ってくれませんか。用事あるんでしたら」

私は丁寧に尋ねた。兄はちょっと眉をしかめたが、すぐに口許をゆるめて、

「……また出直してくるわ。よろしく言っておいてくれな」

私は玄関口にしばらく立って、兄の姿が完全に見えなくなるまで待ち、それから鍵穴に鍵を差し入れた。

扉を開けて玄関に入り後ろ手で閉めたときだった。私の中に突然もうひとりの私が現われた。そして今さっき兄に対して取った行為に冷たい視線を投げかけた。おまえ何やっているんだ、ともうひとりの自分は言った。

すると野球の審判をしてくれたときの愉しそうな兄の顔が蘇ってきた。その兄を私は避けていたのだ。バッターボックスに佇んだ私を人なつっこい目で見てくれた兄の表情も思い出された。兄は私のために審判をしに来てくれた。それを私はただ単に利用した。兄の私を思ってくれる気持など全く無視して、私は自分のことだけしか考えていなかった。その兄を、理由は何であれ、私はまた拒んだのだ。

母に兄が来ていたことを話すと、嫌ねえ、何かしら、と言い、家に入れなかった私の判断をほめてくれた。

しかし私は気分がほぐれなかった。かえって自分の身勝手さが焙り出されてきた。母に向かって、三十分くらいでもいいから上がってもらって、兄と話をすればよかったと思う、と言った。

「……そうね」

「僕は冷たくしすぎた気がする。いろいろなことが思い出されてくるんだ。兄ちゃんはやっぱり兄ちゃんだよ」

母はこの言葉に黙って頷いたきり何も言わなかった。その沈黙はなぜか私には重く応えた。母と兄とのことがふと思い浮かんだ。そして母と自分を兄がどのように捉えつづけてきたかが思いにのぼった。兄にとって母はあくまでおばさんだった……。

すると今までの自分の寄って立っていた視点が音を立てて崩れていった。その果てに見えてくる世界は全く新しい世界だが、私には恐ろしかった。

今こそ私は兄を助けなければならないのではないか。


七回忌を終えて二、三年経った夏、札幌の大学に進学した私は盆を過ぎた頃、父の墓参りにひとりで出かけた。母といっしょに行く予定だったのだが、盆の最中に、私は風邪で熱を出して床に伏していた。

大学に入ってから行ったことがなかった。高校三年の夏、大学合格祈願に母にさそわれるまま出向いただけだ。私は花を買いタクシーを拾って藻岩山《もいわやま》の麓にあるロープウェイの乗車口まで向かった。ロープウェイに乗って展望台に進む途中、眼下に墓地が見えた。山の斜面を利用して拓かれた墓地だった。

公衆の水汲み場で水桶を満たして坂を登りはじめた。春来家の墓は何本もある坂道のうちの真中の道を上がっていき、右手に見える一本松のすぐ上の道を右手に入ってちょうど中ほどにある。時節柄、人影は全くないといってよかった。万灯会と書かれた赤い提燈が片づけられぬまま吊り下げられていた。たいして整備された墓地ではなく、道の両脇に十メートルおきくらいにとりつけられた金網のごみ入れからは、ごみがあふれ出ていた。

松の木までくると母が改築した折に用いた赤土の残りがまだ木の根元に積まれたままあった。母は父が建てた墓は墓相がわるいといって、父の死後一風かわった墓をこしらえた。石の地蔵がぽつんと建っていて、塔がふたつそれに並んでいる簡素なものだった。地面は赤土で、蟻がはい、雑草がはびこっていた。

松の木を曲がり小道を歩いて行くと赤土が見え、墓があった。母が先日草をむしりとったのだろう、赤土の表面が大気にさらされて白っぽくなっていた。私は花を土の上におき、中に入って墓に水をかけた。水はつるつるした石の肌を洗いながれて赤土を黒く染めていった。

線香も何も持って来なかったので、水をかけ終わるとすることがなくなってしまった。掌を合わせておがむこともしなかった。私はいつもそうで、母といっしょにくると無信心と言われたが、べつに気にもならなかった。ただ目をつむり、握手を求めてきた折の父の微笑と親指の傷の色を思い浮かべた。

墓からは札幌市の東側が見渡せて晴れていれば江別の方まで眺望できる。

私は目を開けるとしばらくその景色に見入った。そしてもう帰ろうと振り返ろうとしたとき、視界に人の影が入った。目をそちらの方に向けると私が登ってきた坂道をひとりの痩せこけた老人が水桶を持ちながら上がってくるのだった。黄ばんだワイシャツを着、頭は禿げ上がり、片手には杖があった。うなだれながらゆっくりと、つらそうに一歩一歩土を踏みしめて登ってくる。

私は空になった水桶を持ち松の木のところを曲がって坂を下りはじめた。前から老人がやってきて、私たちは一メートルもあけずにすれちがった。

あらためて老人の容姿を見る機会を得た。ぴんとくるものがあった。五、六歩下がって振り返ると、果たして老人は松の木を右に曲がろうとしており、曲がって進む姿が墓の合間に望めた。老人とまで言うには過ぎるが、老人にふさわしい風体に映った。

どうしようか。

しばらく坂道に立ちつくした。下るもまた引き返すもどちらも可能な位置で私は逡巡した。向こうは気がつかなかっただろうか。気づいてくれなかったことを恨みに感じた。墓から戻ってくるのをここで待ってみようか、そして気づかせては、と策は一瞬のあいだに脳裡をかけめぐった。

同時に、父を山羊だとみなし自分を牧童だとした少年時代が思い出された。今はその人が山羊になり、牧童の私は成人した。私は何もかも投げやってその男の手を引いてやるべきではないのか。

あのとき私は牧童と自分を装うことでようやっと父と歩くことができた。父はさぞかしさみしい思いをしたことだろう。父に対するのと同じ悔恨をその老人には抱きたくなかった。

水桶の柄を握っている手がこまかく顫《ふる》えている。あのナイフの場面を思い浮かべた。そしてあのとき兄にも傷を負わせておけばかえって今、もっと気兼ねなく会えたのではなかったか。

やおら坂道を引き返しはじめた。謝りたかったし、ともかくもう一度すれちがってみる価値はあるだろう。

墓に水をかけている姿がちらりと見えた。私は大きく深呼吸し、それから松の木を曲がって墓に向かってゆっくりと一歩を踏み出した。

男の背後に佇んだ。

「あのう……」

その人は肩をびくりと顫わせると、ゆっくりと振り返った。私を見た。怯えが走った。

「……やっぱり」

懐かし気に言うと、老人は振り向いたことを悔いるように、立ち去ろうと足を動かした。

「どうしているんですか」

問いかける私を尻目に老人は墓の敷地を出、またすぐ引き返して水桶を奪い去るように取ると、小走りに去って行った。

その後ろ姿を呆然と見送りながら、何をしているんだと思い直して、兄ちゃーん！　と叫んであとを追った。しかしもう人影はなかった。

しばらく坂道に佇んだまま、動けなかった。

あとがき

最初の作品集『旅道《たびみち》』を出したのが一九八四年、ちょうど四十歳のときだったから、それから十八年経つ。その間、七冊の創作集（うち二冊が長篇）を出してきたから、本書は第八番目の小説集となる。だいたい二年半ごとに一冊の割合だが、これは単なる計算上のことで、二〇〇四年には三冊も刊行している。イタリア関連書や、透析・臓器移植、教育関係の本、翻訳書、受験英語の問題集、それにそれぞれの領域の新書やエッセイ集と、すこし手を広げすぎた感がある。

その意味で、二〇一〇年の『鬼面・刺繍』と、今年の『文學界』七月号の最近作（「若きマキアヴェリ」）につづいて、こうして短篇集を編めることに感慨を覚える。五作品の中で、十年以上前の作品が三作もあって、読みなおして懐かしかったが、もう文体がそのときのものではなくなっているのに気づかされた。「書きおろし」の表題作を除いて、四作は大幅に改稿した。五作ともたまたま札幌か京都が舞台になっていた。執筆順に並べなかったことに、特段の意味はないが、枚数の少ない方から順番に、という考えがあったのは事実である。最初の「虹」は四十枚。九十枚を超えている作品はない。

今回はご縁があって、風濤社から出していただいた。拙作をご高読して、出版の意義を認めてくださった、編集担当の鈴木冬根氏に心から御礼申しあげたい。

二〇一二年　立秋

北摂にて
澤井繁男

初出一覧

「虹」……………………『海鳴り』一七号、二〇〇五年、編集工房ノア
「檸檬色の空」…………『海鳴り』一四号、二〇〇一年、編集工房ノア
「微光の朝」……………『小説海越』五号、一九九八年・春、海越出版社
「イルミネイション」……書き下ろし
「坂道」…………………『小説海越』二号、一九九七年・春、海越出版社（「箱船の秋」改題）

澤井繁男

さわい　しげお

1954年札幌市生まれ。道立札幌南高校から東京外国語大学を経て、京都大学大学院博士課程修了。専攻は、イタリア・ルネサンス文学・文化。東京外国語大学論文博士（学術）。

「雪道」で、〈200号記念・北方文藝賞〉〈第18回北海道新聞文学賞佳作〉受賞（1984年）。若い頃からの透析・腎臓移植体験により、〈いのち〉を凝視した独特の小説世界を構築する。

イタリア・ルネサンス関連の主な著訳書に『ルネサンスの知と魔術』（山川出版社、1998年、〈第3回地中海学会ヘレンド賞［奨励賞］〉受賞）、E. ガレン『ルネサンス文化史』（平凡社ライブラリー、2011年）その他多数。

現在、関西大学文学部教授。

【主な小説集】
『旅道《たびみち》』編集工房ノア、1984年（「雪道」所収）
『実生《みしょう》の芽』白地社、2000年
『一者の賦』京都新聞朝刊連載、未知谷、2004年
『時計台前仲通り』編集工房ノア、2004年
『鮮血』未知谷、2004年
『天使の狂詩曲』未知谷、2007年
『鬼面・刺繍』鳥影社、2010年
最近作：「若きマキアヴェリ」『文學界』2012年7月号所収

イルミネイション

二〇一二年九月二〇日　初版第一刷印刷
二〇一二年九月三〇日　初版第一刷発行

著　者　澤井繁男
発行者　高橋栄
発行所　風濤社
東京都文京区本郷二－三－三
TEL〇三（三八一三）三四二一
FAX〇三（三八一三）三四二二
印　刷　シナノパブリッシングプレス
製　本　難波製本

落丁・乱丁はお取り替えいたします。

ISBN 978-4-89219-358-3